唐 李思训 江帆楼阁图

宋 赵伯驹 仙山楼阁图

宋 李唐 观瀑图

宋 朱锐 溪山行旅图页

明 李在 山庄高逸

清 王翚 中秋诗意图

# 唐诗陕西

## 天府关中

杨乾坤 注释

陕西新华出版传媒集团
陕西人民出版社

图书在版编目(CIP)数据

唐诗陕西·天府关中/杨乾坤注释. —西安:
陕西人民出版社,2022.4
ISBN 978-7-224-14407-9

Ⅰ.①唐… Ⅱ.①杨… Ⅲ.①唐诗-诗歌欣赏 Ⅳ.
①I207.227.42

中国版本图书馆CIP数据核字(2022)第028069号

主　　编:宋亚萍

出 版 人:赵小峰
策划编辑:李晓锋　张孔明　彭　莘
责任编辑:王彦龙
整体设计:杨亚强

**唐诗陕西·天府关中**
TANGSHI SHAANXI TIANFU GUANZHONG

选 注 者　杨乾坤
出版发行　陕西新华出版传媒集团　陕西人民出版社
　　　　　(西安市北大街147号　邮编:710003)
印　　刷　陕西天地印刷有限公司
开　　本　880毫米×1230毫米　1/32
印　　张　7.75
插　　页　4
字　　数　186千字
版　　次　2022年4月第1版
印　　次　2022年4月第1次印刷
书　　号　ISBN 978-7-224-14407-9
定　　价　58.00元

如有印装质量问题，请与本社联系调换。电话:029-8720509

# 序

孔　明

今生今世，无论是谁，做了陕西人，都应该感到庆幸。不说黄帝、炎帝，不言周秦西汉，单道唐朝盛世，陕西都堪称泱泱中华的一方风水宝地。陕西遇着了唐朝，而且拥有了京畿之地；陕西遇见了唐诗，而且独占了唐诗高地。如同大唐盛世在中国王朝史上居于峰巅一样，唐诗在中国文学史上无须赘言，自然巍峨。古代中国享有“诗国”之美誉，不能说是唐诗所赐，却可以说唐诗的浓墨重彩为中国披上了绚丽的诗衣。在唐诗版图上，唯独陕西得天独厚，无论唐诗数量抑或质量，只有第一，没有第二。博读唐诗，诗魂悠悠，在诗行里游走，浸淫既久，人被诗化，出口不是诗，也是歌了。唐诗的魅力、魔力与感化力，于此可想而知！

唐诗林里，古代陕西的人文大观、人情风土、人物风流以及田园山水、名胜古迹等，都是绕不过去的，就如同皓月当空，谁也不能无视一样；就如同“万绿丛中一点红”，人不惊艳，怎么可能？那种独有的风景、风情、风物、风韵、风骨，仿佛春风扑面，又如花香袭人，不期然已身临其境而叹为观止；遍游陕西，旮旯犄角都有唐朝遗韵，稍不留神就有唐诗馀韵，驻足流连就有唐诗人物形影足迹可觅，洗耳恭听就有唐诗本事耳熟能详。咦！人道是陕西一阈，呈现的却是大唐王朝的盛世气象与博大情怀，更兼备中国人文地理的国家特征与民族图腾。因此之故，饱读唐诗，读进去了，很容易“惚兮恍兮，其中有象；恍兮惚兮，其中有物”，此中美妙，一言难尽。就好像是旧地重游，眼前似曾相识，又恍若隔世，忍不住要抚今追昔、缅怀古人了。或许自己的祖先就曾生活在陕西，也或许祖上某个人物曾在陕西宦游，更或许追根问底，自己原本就是陕西的唐人！

如果不读唐诗呢？那就不无遗憾了！不读唐诗，就不能领略陕西的人文丰厚；不读唐诗，就无法读懂陕西的前世今生；不读唐诗，就难以真正感悟陕西何以成为皇天后土的代名词。最大的遗憾是，不读唐诗，今生今世极可能与陕西皇天后土失之交臂，对话都少了一种资本，毕竟在这方神奇的故土里，播撒了太多唐贤的种子，抓一把泥土就像抓了一把唐魂，就等同于与唐贤握手。妙乎哉，不妙乎？

话说到这份上了，再说《唐诗陕西》丛书呼之欲出，真不是夸张；说其水到渠成，真不是自作多情；说其应运而生，真不是欺世盗名。

呈现在读者（唐人后裔）面前的《唐诗陕西》，分册有五：一曰《大唐三百年》，二曰《京城长安》，三曰《天府关中》，四曰《秦岭风情》，五曰《人文纵横》。顾名思义，就足见选注者只眼不俗，匠心独具，用心何其良苦，其视野在云横秦岭之上，其学识如云破月来花弄影，其钩沉直似学海爬梳，梳理出来的都是唐诗里的一串串珍珠，都带有陕西的胎记。一套《唐诗陕西》在手，唐诗陕西便横空出世，唐朝陕西更一览无馀。

《大唐三百年》，唐诗三百年。盛世之治，安史之乱，都在陕西地面上演；兴而盛，盛而衰，都有唐诗陕西为证。杜子美诗云："忆昔开元全盛日，小邑犹藏万家室。稻米流脂粟米白，公私仓廪俱丰实。"所谓国富民强，此之谓也！太史公曰："仓廪实而知礼节，衣食足而知荣辱。"唐人气度，唐人风度，唐人大度，唐人美誉度，俱从此而来。这样的国度，不被歌唱，那才叫怪了；既然被歌唱，唐诗焉能不蔚然成风？唐朝诗人辈出，唐诗登顶称雄，也就见怪不怪了。在唐朝，即使乡村野老，甚至妇孺文盲，不出口成章，也能吟出时尚韵句，那真道是一代风流，已惠及田间地头。那时候，唐诗之流行，一如当今之流行歌曲，人皆能哼哼几句，不哼哼那还是唐人么？

《京城长安》，真可谓诗城、诗都！读唐诗，真能读出一座城来，此城天下独一无二，那就是唐都长安。盛世繁华，长安为证；万国来朝，长安见证；自信风度，长安明证；前无古人，后无来者，唐诗足可自证。在长安，诗仙李白，曾经傲视王侯；在长安，诗圣杜甫，曾经怀抱美梦；在长安，诗魔白居易一曲《长恨歌》，千年传唱。长安，借杨乾坤先生一句话，足可以自美："地域之美，时代之美，格局之美，气度之美，文化之美，科举之美……"美中不足的是，唐长安诸般美轮美奂，后人大抵只领略了皮毛。想要全方位领略，那就非读唐诗不可。读《京城长安》，就算管中窥豹，也必喜出望外！那可是唐诗里的长安啊！

《天府关中》，有诗为证，那只能是唐诗。杜子美云：“回首可怜歌舞地，秦中自古帝王州。”秦中，即关中也！关中地面上能雄起周秦汉唐，岂偶然乎？至少唐以前的天府之国，不在蜀，而在秦，读罢《天府关中》，心中若还有疑问，那就去恶补国史吧！读这一本唐诗，始信关中的神奇不是吹的，确信天府之桂冠不是自封的。八百里秦川，在唐代诗人韩琮眼里竟然是“秦川如画渭如丝”，这样的目光，这样的胸襟，这样的诗句，唯独唐人才能吟出！倘近距离观赏，跃入眼帘的却是这样的画面：“万户楼台临渭水，五陵花柳满秦川。”哦，这是崔颢的诗！崔颢是谁？就是写下唐人七律第一《黄鹤楼》的那位主儿！李白称羡曰：“眼前有景道不得，崔颢题诗在上头。”想来，也只有天府关中，才配得韩琮、崔颢的诗句！

《秦岭风情》，一定是别有风情，也是有唐诗为证。当今之世，谁人不知，何人不晓，秦岭不仅是中华脊梁，而且是国中后花园，享有“中国肺”之清誉。秦岭横亘东西，居然把中国分为南北，把黄河、长江劈为两大水系，作为华夏儿女，岂能不顶礼膜拜？读罢《秦岭风情》，那风情在唐诗里温润香郁如美酪，婉转婀娜如歌舞，醍醐灌顶如雷音，不拍案惊奇，也当掩卷回味，只恨晚生了千馀年，没赶上那人人挺胸凸肚、神气活现的如花怒放时代。然而，虽说沧海桑田只能咏叹，但能读唐诗而故国神游，也可谓三生有幸了！今夕何夕，竟能与唐诗相遇？今夕何夕，竟能在唐诗里饱阅秦岭风情？说白了，那正是唐人风情！秦岭如画，秦岭如歌，秦岭如诗，那一定是唐诗！千年诗国，首推大唐；万首唐诗，首推秦岭。美乎哉，真美也！壮乎哉，真壮也！奇乎哉，真奇也！

《人文纵横》，纵横人文，人文第一，非唐诗而何？唐诗里有浪漫主义，如李白；唐诗里有现实主义，如杜甫；唐诗里有魔幻现实主义，如李贺、李商隐。说唐诗是中国传统文学的登峰造极，至今罕有异议；说唐诗是华夏文明开出的一朵奇葩、结出的一枚神果，至今罕有质疑。唐人风流，有诗为证："虢国夫人承主恩，平明骑马入宫门。却嫌脂粉污颜色，淡扫蛾眉朝至尊。"即使讽喻，也难掩唐人审美高调。唐人多情，有诗为证："杨柳青青江水平，闻郎江上唱歌声。东边日出西边雨，道是无晴却有晴。"也只有唐朝，才会如此道情：直白如画，有隐喻，更有欢快。唐人风趣，有诗为证："两人对酌山花开，一杯一杯复一杯。我醉欲眠卿且去，明朝有意抱琴来。"呵呵，那是怎样的人文环境，使唐人活得如此怡然自得！唐诗里更有《登科后》的年少轻狂："昔日龌龊不足夸，今朝放荡思无涯。春风得意马蹄疾，一日看尽长安花。"只有人文包容，才有学子及第的如此张扬！人生得意，莫此为甚；人文底蕴，非此而何？人间万种风情，凭借人文东风，在唐诗里被发挥得淋漓尽致！到陕西来，品唐人诗，领略的是陕西风情，更是唐朝风情的硕果仅存！

选注者杨乾坤先生，何许人也？读《布鼓集》，便能见识他才思之敏捷；读《中国古代文字狱》，便知他学识之渊博；读

《司马迁与史记》，便服膺他学问之深厚；读《楹联趣话》，便敬佩他读书之博闻强记。他的记性奇好，加之口才出众，给他一个话头，他就能灵感喷涌，左右逢源，引经据典就像清风翻书，旁征博引就像天女散花，道不尽的源远流长，说不完的掌故出处。眼见他信手拈来，又见他拈花微笑；他貌似信口开河，实则是“黄河之水天上来”，滔滔不绝是因为腹藏学海，取之不尽，用之不竭也！出于对他人品学养的敬重，陕西人民出版社礼聘他为《全唐五代诗》的特约编辑。与陕西人民出版社合作有年，他的奉献有目共睹，很多高难度的图书编辑，例如《关中方言大词典》等，都借助了他这个“呼之即来”的“活字典”。一半敬重，一半信任，合璧而促成我们向他再次约稿，委托他选注了这套《唐诗陕西》。

《唐诗陕西》是陕西人民出版社出版的《全唐五代诗》的副产品。如果说《全唐五代诗》是一座山，那《唐诗陕西》就是这座山的峰巅；如果说《全唐五代诗》是一条河，那么《唐诗陕西》就是这条河的支流。读唐诗，陕西如影随形，不领略都不得行；游陕西，唐诗如魂附体，不阅读那等于白游了。

把《唐诗陕西》置于枕边，诗有了，梦也有了；把《唐诗陕西》置于案头，风有了，雅也有了；把《唐诗陕西》置于书架，陕西有了，唐朝也有了。岁月悠悠，诗意悠悠，拥有《唐诗陕西》，夫复何求？夫复何求？

2021 年 6 月 6 日

关中，狭义而言，指八百里秦川；广义而言，则地辖今日之陕西。书中取其广义，兼及陕北、陕南。

秦地被山带河，四塞以为固，东函关、西散关、南武关、北萧关，田肥美，民殷富，战车千乘，奋击百万，沃野千里，蓄积饶多，西汉刘敬称之为“天府”。故而秦中建都，即以关中为辅。在唐人笔下，关中是一方神奇的土地。丽质之天然，风物之完厚，民俗之淳朴，文化之昌盛，都凸现在唐诗里；英雄折腰之地域，风云际会之霸气，经纶天下之雄风，郁郁人文之彰显，都矗立在唐诗中。这种凸现和矗立，使得关中山川风物无不展示出美丽如画的本色。

这是山：岧峣太华俯咸京，天外三峰削不成。

这是水：泾渭横秦野，逶迤近帝城。

这是京郊：万户楼台临渭水，五陵花柳满秦川。

这是雄关：山势雄三辅，关门扼九州。

这是骊山之所望：四郊秦汉国，八水帝王都。

这是渭城之所见：渭城朝雨浥轻尘，客舍青青柳色新。

这是鄜州：满街杨柳绿丝烟，画出清明二月天。

这是华州：城楼四望出风尘，见尽关西渭北春。

关中如此多娇！

天清丝管在高楼（杨巨源），水腻山春节气柔（姚　合）。

百二山河雄图壮（刘禹锡），何曾得见此风流（王昌龄）。

# 目　录

# 李世民

李世民（599—649），唐朝太宗皇帝，李渊次子，公元626—649年在位。隋末随父于太原起兵，推翻隋王朝。李渊建唐称帝后，被封为秦王。武德九年（626），发动“玄武门之变”，迫使李渊传让皇位，次年改元贞观。在位期间，推行均田制、租庸调法和府兵制度，兴修水利，加强吏治，发展科举，选贤任能，“从谏如流”，使社会经济有所恢复，被史家誉为“贞观之治”。著有文集四十卷，《全唐诗》编其诗一卷。

## 入潼关[①]

崤函称地险，襟带壮两京[②]。霜峰直临道，冰河曲绕城[③]。古木参差影，寒猿断续声[④]。冠盖往来合，风尘朝夕惊[⑤]。高谈先马度[⑥]，伪晓预鸡鸣[⑦]。弃繻怀远志[⑧]，封泥负壮情[⑨]。别有真人气，安知名不名[⑩]。

① 此诗当作于武德六年（623）十一月。时为秦王的李世民经过一年多的转战，击败了山东的窦建德、洛阳的王世充、河北的刘黑闼，平定了河南、河北、山东，又于该年秋七月屯并州（今山西太原），以备突厥。十月，诏世民引兵还长安。十一月丁亥，高祖校猎于华阴，“己丑，迎劳秦王世民于忠武屯”。这首诗就是秦王返回长安途经潼关时所作，充满了胜利的喜悦，而且用了终军弃繻的典故，表明他要干一番大事业。事实亦是如此。三年后，他发动玄武门之变，杀了太子

李建成，迫使高祖李渊退位，从而御临天下。“潼关”，关名，古称桃林塞，东汉时在此建关，以有潼水而名潼关。潼关西薄华山，南临商岭，北带黄河，东接桃林，地势险要，历代皆为军事要地。“入”，进入。入潼关的方向是自东向西。

② 这两句言潼关位置之险要。“崤（xiáo）函”，指崤山和函谷，均在潼关以东。崤山在今河南西部，分东西二崤，皆险峻异常。函谷，以谷深险如函而得名，在今河南灵宝至新安县境。“襟带”，谓山川屏障环绕，如襟如带。“两京”，指东京洛阳和西京长安。

③ 这两句言入关时值冬季。“冰河”，指冬日流冰的黄河。“城”，指潼关城。

④ 这两句言入关时之见闻。“参差”，长短不齐貌。

⑤ 这两句言潼关形势之重要。“冠盖”，冠，礼帽；盖，车盖。代指官吏和贵族。“合”，聚会。“风尘”，车马人流经过而扬起的风尘。“惊”，快，迅速。

⑥ 以下四句用典，以秦函谷关指代潼关。函关关卡，秦时设于今河南灵宝，汉武帝时移至今河南新安，去秦关三百里。东汉献帝时移至今陕西潼关，取名潼关。由此而论，潼关亦可算作函谷关也。东自崤山，西至潼津（潼关），通名函谷，号称天险。“高谈”句，指战国时的哲学辩题白马非马事。相传刑名学家公孙龙过函谷关，言白马非马，不缴过关之马税，关吏辩不过，只得放他过关。“高谈”，指公孙龙善辩。“先马度”，指其过关不缴马税之事。

⑦ 这句言孟尝君过关事。战国时，齐国的孟尝君出使秦国，被扣留。赖门客帮助得脱出逃。《史记·孟尝君传》：“孟尝君得出，即驰去，更封传，变姓名以出关。夜半，至函谷关，……关法，鸡鸣而出客。孟尝君恐追至，客之居下坐者有能为鸡鸣，而鸡齐鸣，遂发传出。”“伪

晓”，即假晓，并非真的天晓。“预鸡鸣”，预先学鸡鸣（而引得雄鸡齐鸣）。

⑧ 这句言终军过关事。“弃繻（xū）”，汉终军年十八被选为博士弟子，入关就学，关吏予终军繻。终军谓：“大丈夫西游，终不复传还。”弃而去。后来终军为谒者，使行郡国，持节出关，关吏识之，曰：“此使者乃前弃繻生也。”繻，古时出入关津的凭证，书帛裂而分之，出关时取以合符，乃得复出。（见《汉书·终军传》）后用为少年立志的典故。李世民用此典，意在表明自己下决心要干一番大事业。

⑨ 这句言王元立志事。“封泥”即“丸泥封关”的缩略语，此典见《后汉书·隗嚣传》：隗嚣的部将王元曾劝隗嚣：“今天水完富，士马最强，北收西河、上郡，东收三辅之地，案秦旧迹，表里河山，元请以一丸泥为大王东封函谷关，此万世一时也。”“负”，怀有。

⑩“别有”两句，言上述四人具有真人之性。“别有”，另有。“真人”，道家称存养本性得道的人。“不名”，汉代麒麟阁功臣图像，要“法其形貌，署其官爵姓名，但奉汉宣帝旨意”，对霍光只称“大司马大将军博陆侯姓霍氏”，不署名。后来就以此称美功臣受到特殊宠遇。

## 李 治

李治（628—688），字为善，即唐高宗。太宗李世民第九子，始封晋王，贞观十七年（643）被立为皇太子。在位三十四年，谥曰天皇大帝。有集八十六卷，今失传。《全唐诗》编其诗八首。

## 过温汤[1]

温渚停仙跸[2]，丰郊驻晓旌[3]。路曲回轮影，岩虚传漏声[4]。暖溜惊湍驶，寒空碧雾轻[5]。林黄疏叶下，野白曙霜明[6]。

①“温汤”，指骊山温泉宫。唐太宗贞观十八年（644），在骊山温泉营造宫殿、汤池，命名汤泉宫，高宗咸亨二年（671）易名为温泉宫。地在今西安市临潼区。

②“温渚”，温汤水边。渚，水边。“跸”，帝王出行时行止清道。泛指帝王车驾。

③“丰”，指新丰，唐县名，本秦骊邑，汉高祖七年（前200），因太上皇思乡，遂按丰里格式改筑骊邑，并迁来丰民，遂称新丰，作县名，唐沿称新丰县，至天宝七载（748）始废，更名为昭应县，地在今西安市临潼区。“郊”，指骊山下。

④“轮影”，即车影，代指车。“虚”，空。“漏声”，指温汤流动之声。

⑤“暖溜”，指温汤水流。溜，水流。“湍”，激流。

⑥“野白”，旷野呈现白色。指浓霜。

## 李　显

李显（656—710），唐朝中宗皇帝。系高宗李治与武则天之子，公元684年、公元705—710年两度在位。武则天临朝称制，废为庐陵王，圣历二年（699）复立为皇太子。神龙元年（705），宰相张柬之等以羽林兵讨乱，迫使武则天退位，拥其复皇帝位。在位期间，受制于皇后韦氏，刑政错乱，宫闱淫靡。景云元年（710）被韦后与安乐公主毒死。李显乃一庸才，而枉作人主，国家之不幸也。《全唐诗》编其诗七首。

## 登骊山高顶寓目①

四郊秦汉国，八水帝王都②。阊阖雄里闬③，城阙壮规模。
贯渭称天邑，含岐实奥区④。金门披玉馆，因此识皇图⑤。

①“骊山”，山名，为秦岭支脉，在会昌县（今陕西省西安市临潼区）东南。因山形似黑色之马（骊），故称骊山。

②“四郊”，指长安周围。“秦汉国”，长安之地，古时属秦、汉之国所辖。“八水”，指绕长安的八条河流，即泾、渭、浐、灞、沣、镐（滈）、潏、涝。

③“阊阖（chāng hé）”，宫之正门，泛指宫门。“里闬（hàn）”，里门，乡里。闬，里巷的门。“城阙”，城市。

④“贯渭”，渭水横贯，渭水经长安城北，横流关中平原。“天邑”，《三辅黄图》：“渭水灌都，以象天汉。”“含岐”，指含有周朝的发祥地岐山。“奥区”，内地，腹地。奥，深也。

⑤“金门”，金马门之省称。《后汉书·马援传》：“孝武皇帝时，善相马者东门京，铸作铜马法献之，有诏立马于鲁班门外，因称金马门。”后遂沿称为官署的代称。“玉馆”，即玉堂，翰林院的别称。“皇图”，封建帝王的版图。

# 幸秦始皇陵[①]

眷言君失德，骊邑想秦馀[②]。政烦方改篆，愚俗乃焚书[③]。阿房久已灭，阁道遂成墟[④]。欲厌东南气，翻伤掩鲍车[⑤]。

①“幸”，封建时代称皇帝亲临为“幸”。“秦始皇陵”，秦始皇嬴政的陵寝，在骊山脚下。此陵甚耗天下人力物力，这首诗对秦政多有指责。

②“眷言”，回顾貌。“言”，语词，无义。“君”，秦始皇。“骊邑”，地名，在今陕西西安市临潼区，周初为骊戎所居，秦置骊邑。

③“政烦”，政令繁多。“改篆”，秦统一六国后，统一度量衡，统一文字，将籀（zhòu）文，即大篆简化为秦篆，又称小篆。秦时篆书，专指小篆而言。“焚书”，指秦始皇三十四年（前212），秦始皇采纳丞相李斯建议而焚毁民间所藏的《诗》《书》和百家语等书籍。

④“阿房”，秦宫殿名。“阁道”，复道，楼阁之间以木架空的通道。《史记·秦始皇本纪》：“（阿房）周驰为阁道，自殿下直抵南山。”

⑤这两句说，秦始皇事与愿违。《汉书·高帝纪》：“秦始皇帝尝曰：‘东南有天子气。’于是东游以厌当之。”“厌（yā）”，压。“翻”，反。“掩鲍车（jū）”，秦始皇三十六年（前210）七月，始皇在东巡时死于沙丘之平台，“丞相斯为上崩在外，恐诸公子及天下有变，乃祕之，不发丧。棺载辒辌车中，……会暑，上辒车臭，乃诏从官令车载一石鲍鱼，以乱其臭。”（见《史记·秦始皇本纪》）

## 李隆基

李隆基（685—762），唐朝玄宗皇帝，亦称唐明皇。因其谥号曰至道大圣大明孝皇帝，故有是称。系唐睿宗李旦第三子，712—756年在位。景龙四年（710）与太平公主合谋发动政变，拥立睿宗即位，被立为皇太子。延和元年（712）受禅即皇帝位。即位之初，他励精图治，任用姚崇、宋璟为相，整顿武则天以来之弊政，使得唐代的经济文化在开元年间（713—741）发展到高峰，达到了盛唐之最，被史家誉为“开元之治”。后来他宠杨贵妃惑迷于内，任用李林甫、杨国忠而政荒于外，遂使吏治腐败，中央政权不断削弱，西北、北方各镇节度使形成割据势力。天宝十四载（755）安禄山反叛朝廷，起兵范阳，于次年攻入长安，李隆基踉跄奔蜀。诸将拥立太子李亨（肃宗）即位，他被尊为太上皇。史家论其窜身失国之由，正是因其“侈心一动，穷天下之欲不足为其乐，而溺其所甚爱，忘其所戒”（《新唐书·玄宗本纪》）。可谓一针见血之至论。《全唐诗》编其诗一卷。

### 温汤对雪①

北风吹同云②，同云飞白雪。白雪乍回散，同云何惨烈。
未见温泉冰，宁知火井灭③。表瑞良在兹，庶几可怡悦④。

①“温汤”，见李治《过温汤》注①。

②“同云”，下雪时均匀遍布而成一色的阴云。

③“宁”，竟，乃。“火井”，产可燃的天然气之井。古人以为温泉系水底

火井所致，实则是因其靠近火山，或泉中矿物质所放出的热量形成。

④“表瑞”句，雪兆丰年，是为祥瑞。故曰表现祥瑞正在此雪。“庶几”，相近，差不多。

## 初入秦川路逢寒食①

洛阳芳树映天津，灞岸垂杨窣地新②。直为经过行处乐，不知虚度两京春③。去年馀闰今春早④，曙色和风著花草。可怜寒食与清明⑤，光辉并在长安道。自从关路入秦川，争道何人不戏鞭⑥。公子途中妨蹴鞠⑦，佳人马上废秋千。渭水长桥今欲渡，葱葱渐见新丰树⑧。远看骊岫入云霄，预想汤池起烟雾⑨。烟雾氛氲水殿开，暂拂香轮归去来⑩。今岁清明行已晚，明年寒食更相陪⑪。

①开元十一年（723）正月初，玄宗自洛阳北巡并州（今太原），二月中旬还至汾阴（今属山西）祭后士祠，过黄河经临晋关入秦川（后于三月五日返抵长安），这首诗是唐玄宗欲渡渭如新丰时所作。“秦川”，地名。自大散关以北达于岐山凤翔，夹渭水南北岸，至于潼关，沃野千里，以秦之故国，故称秦川。“寒食”，节令名，在清明前一日或二日。

②“洛阳”，地名，在今河南省，以在洛水之阳而名，著名古都之一。唐时称东京或东都。“天津”，桥名，在洛阳西南洛水之上，系隋时所建。大业元年（605）迁都，以洛水贯都，有天汉津梁的气象，因建此桥，名曰天津。“灞”，灞河，源出蓝田山中，流经长安东郊，自南

至北而入渭。“窣（sū）地”，犹言拂地。

③ 这两句说，直为从东京经并州汾阴而至西京路上的经行所乐，不知虚度了两京之春。两京，即东京洛阳和西京长安，因在巡幸路上，不在京城，故有虚度两京春之感。

④“馀闰”，即闰馀。农历每年与四季相比所差之时日，称闰馀，此处指闰年。

⑤“可怜”，可爱。“清明”，农历二十四节气之一，旧称三月节。

⑥“关路”，指临晋关通往长安的大道。“争道”，争抢道路。

⑦“蹴（cù）鞠”，古时踢球的一种游戏，类似今之足球赛。蹴，踢。

⑧“长桥”，指新丰北的渭河桥。杜甫《自京赴奉先县咏怀五百字》中也说到此桥。“葱葱”，青青。葱，青绿色。“新丰”，唐县名。见李治《过温汤》注③。

⑨“骊岫”，骊山的峰峦。骊山在新丰南。“汤池”，指骊山温泉宫中的温泉（唐天宝六载更名华清宫；池亦更名曰华清池）。“起烟雾”，指汤池水气蒸腾之状。

⑩“氛氲”，盛貌。“拂”，逆，违背。“香轮”，指皇帝所乘之车驾。“归去来”，意即归去吧。来，语助。这句是说，温汤的吸引，故暂不能立即返长安。

⑪“今岁”句，是说从初入秦川路而到京城长安，非寒食到清明的一两天所可到达，故云“今岁清明行已晚”。“更”，再。

## 早度蒲津关[①]

钟鼓严更曙，山河野望通[②]。鸣銮下蒲坂，飞旆入秦中[③]。

地险关逾壮，天平镇尚雄[4]。春来津树合，月落戍楼空[5]。马色分朝景[6]，鸡声逐晓风。所希常道泰，非复候繻同[7]。

① 诗题详见作者《初入秦川路逢寒食》注①。“蒲津关”，关名。简称蒲关，亦名临晋关，亦名河关，以东岸在蒲坂得名，关址在今陕西大荔县东黄河西岸，地处山河要隘，为兵家必争之地。河上设有浮桥。

②“山河”，山指首阳山和华山，河指黄河。“更曙”，夜晚到黎明。更，古时夜间计时单位，一更约两小时，一夜分五更。

③“鸣銮”，銮，系在马勒或车前横木上的铃。鸣銮，指皇帝或贵族出行。“蒲坂”，地名。故城在今山西永济。相传为舜帝所都。“飞旆(pèi)”，指车驾快速行进。旆，旗帜的通称。“秦中”，关中。

④“镇”，一方的主山，此指蒲津关南的华山。

⑤“津树合”，指蒲津关树木茂密，连成一片，故称“合”。“戍楼”，驻军的瞭望楼。

⑥“马色”，马队的颜色，因有数队，马色各不相同。

⑦“泰”，安泰。“候繻”，等候过关的凭证。繻，汉代出入关隘的帛制凭证。

## 潼关口号[1]

河曲回千里[2]，关门限二京[3]。所嗟非恃德，设险到天平[4]。

① 这是唐玄宗由洛阳返回长安，经过潼关时随口所吟的一首诗。自见其以德治国之理念。“口号”，表示随口吟成，和口占相似。

②“河曲”，《水经注》云：“黄河自龙门而南下，至潼关折而东流，故曰‘河曲’也。”

③“二京”，指西京长安和东都洛阳。潼关地处二京之间，限隔了二京。极言潼关地理位置之险要。

④这两句，慨叹当政者若不实行德政，而仅靠河山之险很难保证天下太平。“嗟”，叹息。“恃”，依赖，倚仗。“天平”，天下平安。

## 幸凤泉汤①

西狩观周俗，南山历汉宫②。荐鲜知路近，省敛觉年丰③。
阴谷含神爨，汤泉养圣功④。益龄仙井合，愈疾醴源通⑤。
不重鸣岐凤，谁矜陈宝雄⑥。愿将无限泽，沾沐众心同。

①“凤泉汤”，在今陕西眉县太白山汤峪。汤，此处指汤泉。

②“西狩”，去西方打猎。因凤泉汤之位置在长安之西三百馀里处，属岐山所辖，故曰西狩。“周”，西周初，国在岐山，故亦称岐地为周。“周俗”，周地的风俗。“南山”，指太白山。“汉宫”，指汉之离宫五柞宫和长杨宫，地在今陕西眉县东之周至境内。

③“荐”，兽所食之草。“敛”，赋税。

④“神爨（cuàn）”，煮食物的器具。“圣功”，至高无上的功业德行。后多用为称颂皇帝的套语。

⑤“仙井”“醴源”，皆指凤泉汤。

⑥“鸣岐凤”，《国语·周上》：“周之兴也，鸾鸣于岐山。”鸾，即传说中凤凰之类的神鸟。“矜”，拘谨。“陈宝”，神名，《史记·封禅书》：

“（秦）文公获若石云，于陈仓北阪城祠之。其神或岁不至，或岁数来，来也常以夜，光辉若流星，从东南来集于祠城，则若雄鸡，其声殷云，野鸡夜雊，以一牢祠，命曰陈宝。”三国时韦昭注：“在陈仓县，宝而祠之，故曰陈宝。”这两句意思是说，在凤泉汤沐浴，为的是延年益寿，故不理会所谓的吉祥神异之事。

## 李　适

李适（kuò）（742—805），唐朝德宗皇帝，代宗长子，公元779—805年在位。善属文，尤长于篇什，每当学士言诗于浴堂殿，夜分不寐。四方贡艺者，帝多亲试，或有乖谬，浓点笔抹之。称旨，即翘足朗吟，诧宰相：“此朕门生。”无不服帝之藻鉴焉。《全唐诗》编其诗十五首。

### 丰年多庆九日示怀①

爽气肃时令，早衣闻朔鸿。重阳有佳节，具物欣年丰②。
皎洁暮潭色，芬敷新菊丛③。芳尊满衢室，繁吹凝烟空④。
惠合信吾道，保和惟尔同⑤。推诚至玄化，天下期为公⑥。

①“九日”，指九月九日，重阳节。

②“具物”，言嘉禾。

③“芬”，香气。“敷”，施，布。

④“尊”，酒杯。引申为宴饮。“衢室”，原指筑室于衢，以听民言，后泛指帝王听政之所。“繁吹”，盛乐。繁，盛。吹，吹奏乐器，泛指音乐演奏。

⑤“惠”，赐，赠。“合”，符合。“和”，和顺，谐和。“尔”，指重阳节。

⑥“玄化”，至德的教化。“天下”句，言期待天下大同。《礼记·礼运》：“大道之行也，天下为公，选贤与能，讲信修睦。”后来成为一种美好社会政治理想。

## 李　忱

李忱（810—859），唐朝皇帝，846—859 年在位，原名怡，唐宪宗第十三子，在位期间，史称其“精于听断，而以察为名，无复仁恩之意”。庙号宣宗。《全唐诗》编其诗十六首。

### 幸华严寺①

云散晴山几万重，烟收春色更冲融②。帐殿出空登碧汉，遐川俯望色蓝笼③。林光入户低韶景，岭气通宵展霁风④。今日追游何所似，莫惭汉武赏汾中⑤。

① 唐宣宗李忱是唐代后期较有作为的皇帝，史称其大中之政，有贞观风。他一反灭佛之唐武宗所为，重又大兴佛教。幸华严寺即其一也。华严寺是佛教华严宗的著名寺院，该寺在长安韦曲东南的少陵原畔，俯瞰樊川。系长安城南八大寺院之一。这首诗描绘了华严寺的自然风

光，写得辞采昂扬。“幸”，封建时代称皇帝亲临为“幸”。

②“晴山”，指雨后的终南山。“冲融”，充溢弥漫之状。

③“遐川”，指流经樊川的潏水。遐，远。

④“韶景”，美景。“霁风”，雨后之光风。

⑤“汉武赏汾中”，元鼎四年（前113），汉武帝到河东汾阴（汉代县名，地在今山西省万荣县境）后土祠致祭，泛舟汾水，并作了有名的《秋风辞》，中有句云：“泛楼船兮济汾河，横中流兮扬素波。”唐宣宗的这首诗，亦写得意气风发，尤其是结尾两句，将其登临华严寺与汉武帝赏汾中作比，可见自视甚高。

## 上官婉儿

上官婉儿（664—710），陕州陕县（今属河南）人，上官仪之孙女、上官廷芝之女。仪及廷芝因反对武则天执政，均死于武后时。她随母郑氏配入内庭。天性韶警，善文章，年十四，武后召见，爱其才华。自万岁通天（696）以来，内掌诏命，参决政事。中宗时，大被信任，进而封为昭容。劝帝扩大书馆，增设学士，代朝廷品评天下诗文，一时词臣多集其门，她又与韦后、安乐公主操纵政治，景龙四年（710），临淄王李隆基发动政变，她与韦氏同时被杀。有文集二十卷，已佚。《全唐诗》编其诗三十二首。

# 驾幸新丰温泉宫献诗三首[①]

## 一

三冬季月景龙年，万乘观风出灞川[②]。遥看电跃龙为马[③]，回瞩霜原玉作田[④]。

①唐中宗于景龙三年十二月（710），驾幸温泉宫，历时十二天。这三首献诗即为此而作。“驾”，指中宗车驾。“幸”，封建时代称帝王亲临为幸。“新丰”，见李治《过温汤》注③。“温泉宫”，见李治《过温汤》注①。

②“三冬季月”，指中宗景龙三年十二月。据《新唐书》记载，此次在温泉宫留居十日。“观风”，观察风俗得失。“季月”，春夏秋冬四季的末月。“灞川”，灞河在长安东，北流入渭。其两边皆平原，故有是称。川，平原。

③“电跃龙为马”，形容马奔之快如龙飞。

④“玉作田”，因浓霜满地皆白，仿佛田野如白玉所作。

## 二

鸾旂掣曳拂空回[①]，羽骑骖驔蹑景来[②]。隐隐骊山云外耸，迢迢御帐日边开[③]。

①“鸾旂”，天子仪仗中车上所建之旂，赤色，编以羽毛，上绣鸾鸟。

“旂”同“旗”。“掣曳”，牵引。

②“羽骑”，御林军的骑兵。“蹑景来”，“景”同“影”，踏着鸾旂的影子，比喻极快。“驂驔（diàn）”，驾车的马。

③“日边开”，因所行方向自西而东，又是上午，故曰“御帐日边开”。

三

翠幕珠帏敞月营，金罍玉斝泛兰英①。岁岁年年常扈跸②，长长久久乐升平。

①“翠幕”两句，言御帐夜宴。“帷”，帐。“敞月营”，即月夜排宴。“罍（léi）”，酒器，形状像壶。“玉斝（jiǎ）”，古代玉制器，圆口，三足。“兰英”，兰花，谓酒如兰花之香美。汉枚乘《七发》：“兰英之酒，酌以涤口。”

②“扈跸（hù bì）”，同“扈驾”，随从帝王的车驾。“跸”，见李治《过温汤》注②。

## 许敬宗

许敬宗（592—672），唐初大臣。字延族，杭州新城（今浙江富阳西南）人。隋时官直谒者台、奏通事舍人。后入瓦岗军，为李密记室。贞观中，由著作郎兼修国史，后迁中书舍人。高宗即位，擢礼部尚书，与李义府拥立武则天（时为昭仪）为皇后，升侍中，兼修国史，爵郡公。与武则天密谋，贬逐韩瑗、来济、褚遂良，杀梁王、长孙无忌、上官仪，威宠炽灼，不可一世。显庆三年（658），任中书令，与李义府同掌朝政，是武则天的重要信臣，《新唐书》将其列入《奸臣传》。《全唐诗》编其诗二十七首。

## 奉和入潼关①

曦驭循黄道，星陈引翠旗②。济潼纡万乘，临河耀六师。前旌弥陆海，后骑发通伊③。势逾回地轴，威盛转天机④。是节岁穷纪，关树荡凉飔⑤。仙露含灵掌，瑞鼎照川湄⑥。冲襟赏临睨，高咏入京畿⑦。

① 此诗系奉和秦王李世民《入潼关》之作，时在唐高祖李渊武德六年（623）十一月。“奉”，敬辞。“和”，依别人诗词的题材体裁作诗词。

② 这两句言秦王由洛阳返长安途中而进入潼关时的景象。“曦驭”，此处指秦王的车驾。“曦”，日光。“驭”，通“御”，车驾。“黄道”，古人想象中的太阳绕地运行的轨道。“星陈”，是如星宿之排列有序。“翠旗”，帝王仪仗中饰以翠羽的旌旗。

③ 这四句言秦王一行的阵容。“济潼”二句言人马之多。“济潼”，进入潼关。“纡万乘”，言人马众多，队形曲曲弯弯。“纡”，屈曲，回旋。“河”，指黄河，流经潼关城外。“六师”，即六军。周制，天子有六军。“前旌”二句，言队伍浩浩荡荡。“弥”，满。“陆海”，谓关中，此指已入潼关。“通伊”，通往伊河的地方，伊河源出洛阳西南的卢氏县，流经洛阳。

④ 这两句言秦王一行之威势。“逾”，超过。“回地轴”，旋转地轴，古代传说大地有轴。“天机”，星名，即斗宿，也称南斗。此处指天。旋地转天，自见气势威猛。

⑤ 这两句言入潼关时值冬季。“是节”，这个时节。“岁穷纪”，即到了年末。“飔（sī）”，疾风。

⑥ 这两句言潼关之所见。“灵掌”，指华山仙人掌。“瑞鼎”句，言黄帝铸鼎于荆山。荆山，地在今河南灵宝市境，毗邻潼关与黄河。瑞鼎，即指此。“川湄”，指黄河岸边。“湄”，岸边，水草相接的地方。

⑦ 这两句表现了秦王的自豪和喜悦。“冲襟”，淡远的胸襟，抱负。“临睨”，俯视，此指从高处俯视所见到的景致。“京畿”，京城，指长安。

## 卢照邻

卢照邻（637？—680?），字升之，幽州范阳（县名，在今河北涿州一带）人。曾任邓王（李元裕）府典笺，后调新都尉，因染风疾（风痹症，一说即麻风），辞官。居太白山，服丹中毒，手足残废，乃去阳翟具茨山（在今河南禹县北），自号幽忧子，终于不堪疾病折磨，自投颍水死。《全唐诗》编其诗二卷。

### 陇头水①

陇坂高无极，征人一望乡。关河别去水②，沙塞断归肠。
马系千年树，旌悬九月霜。从来共呜咽，皆是为勤王③。

①“陇头水”，汉乐府横吹曲名。其解题云：“一曰陇头水。《通典》曰：天水郡有大坂，名曰陇坻，一曰陇山，即汉陇关也。《三秦记》曰：其坂九回，上者七日乃越，上有清水四注下，所谓陇头水也。”曲名本此。陇山是汉唐时由中原西出塞外的必经之地，故而汉乐府就有《陇头歌》写行人的感受：“陇头流水，鸣声呜咽。遥望秦川，肝肠断绝。”陇山因以成为欢乐与痛苦的分水岭。作者勤王事西出沙塞，遂有此作，见心曲也。

②“关河”，潼关和黄河之合称，也泛指一般山河。“去水”，指陇头水，因行人向西，故曰“去”。

③这两句说，从来西征之人，皆是为王事尽力。“共呜咽”，于人而言，是悲泣声；于水而言，是流淌声。将水声施以感情色彩：不堪听，故曰“共呜咽”。

## 入秦川界①

陇阪长无极，苍山望不穷②。石径萦疑断③，回流映似空。
花开绿野雾，莺啭紫岩风。春芳勿遽尽，留赏故人同。

①“秦川”，见李隆基《初入秦川路逢寒食》注①。

②“陇阪”，六盘山南段的别称，又名陇山、陇坻，在今陕西陇县至甘肃平凉一带。山势险峻。

③“石径”句，是说山上的石径（小道）来回萦绕，既隐又现，故疑其断绝。

## 至陈仓晓晴望京邑[①]

拂曙驱飞传[②]，初晴带晓凉。雾敛长安树，云归仙帝乡[③]。涧流漂素沫，岩景霭朱光。今朝好风色，延瞰极天庄[④]。

①“陈仓”，地名。秦置县，汉魏因之。刘邦用韩信计，明修栈道，暗度陈仓，即此。初盛唐时亦用此名（后于肃宗至德二载改为宝鸡县），地在今宝鸡市陈仓区。“京邑”，长安。

②“飞传”，指传驿的车马。

③“仙帝乡”，仙帝所居之地，即所谓仙境，此指帝都长安。

④“素沫”，白色水沫。“延瞰”，极目远望。延，引长，伸展。“极天庄”，指所望长安之庄严。因陈仓距长安四百里，故云极天。

# 徐　珩

徐珩（héng），高宗时人。《全唐诗》编其诗一首。

## 日暮望泾水[①]

导源径陇坂，属汭贯嬴都[②]。下濑波常急，回圻溜亦纡[③]。毒流秦卒毙[④]，泥粪汉田腴[⑤]。独有迷津客，怀归轸暮途[⑥]。

①“泾水”，水名。源出有二，北平凉，南华亭，至泾川汇合，东南流至今陕西咸阳彬州市，再折而东南至西安高陵区南入渭水。

②“导源”，指引、引导。“陇坂”，即陇山。“属汭（ruì）”，言泾水属于渭水之北。《尚书·禹贡》：“泾属渭汭。”疏：“郑（玄）云：‘汭之言内也，盖以人皆南面望水，则北为汭也。且泾水南入渭而名为渭汭，知水北曰汭。’”“贯嬴都”，穿过秦都咸阳。因秦国国君姓嬴，故云。

③“濑”，谓水流湍急。“回折”，迂回曲折。“溜亦纡”，指流动也纡缓。

④“毒流”句，言秦国人施放毒物于泾水中，诸侯军被毒死的人很多。《左传·襄公十四年》：“夏，诸侯之大夫从晋伐秦，……济泾而次（渡过泾水后驻扎了下来），秦人毒泾上流，师人多死（诸侯军被毒死的很多）。”

⑤“泥粪”句，言泾水的淤泥肥田。汉代《郑白渠歌》：“泾水一石，其泥数斗。且溉且粪（此言水渟淤泥沃宜稼），长我禾黍。”“腴”，肥美。

⑥“迷津客”，犹迷途之客，系作者自指。“轸（zhěn）”，转。

## 张九龄

张九龄（678—740），一名博物，字子寿。唐韶州曲江（今广东韶关）人。擢进士，为右拾遗、中书侍郎同中书门下平章事，累官至中书令。是玄宗朝的名相。他正色立朝，谔谔有大臣节。曾预料安禄山的反叛，请诛之，以绝后患，不许。玄宗后奔蜀，深悔不听其忠告，为泣下。后来为李林甫所谮，罢相，贬荆州长史。张九龄以文自娱，文自有格，超越当时风气，明代胡震亨评其首创清淡之派。有《曲江集》。《全唐诗》编其诗三卷。

# 奉和圣制早渡蒲津关[①]

魏武中流处，轩皇问道回[②]。长堤春树发，高掌曙云开[③]。
龙负王舟渡，人占仙气来[④]。河津会日月，天仗役风雷[⑤]。
东顾重关尽，西驰万国陪[⑥]。还闻股肱郡[⑦]，元首咏康哉[⑧]。

① 此诗是奉和李隆基《早度蒲津关》所作。

②“魏武”，指曹操。建安二十五年，曹操去世，其子曹丕篡汉，改国号为魏，谥曹操为武帝。建安十六年曹操征马超韩遂渡蒲坂（蒲津关）。

③“高掌”，华山有仙掌峰（东峰），此处代指华山。

④ 这两句以禹南巡和老子西行喻玄宗。“龙负舟”禹南巡，“济乎江，黄龙负舟。”（见《吕氏春秋·知乡》）“仙气来”，指紫气东来。

⑤“河津”，河边的渡口。河，此处指黄河。“会日月”，日月同升，是为祥瑞。“天仗”，皇帝的仪仗。“役风雷”驱使风雷。形容皇帝巡行的威势。

⑥“万国”，各国，又指全国各地。

⑦“还”，回还。“股肱郡”，指蒲津关左右的河东郡和冯翊郡。股肱，大腿和胳膊。言其得力和重要。

⑧“元首”，指唐玄宗。“咏康哉”，指皇帝所作的诗。《尚书·益稷》载舜君臣作歌，有“元首明哉，股肱良哉，庶事康哉”之语。称颂君明臣良，诸事安宁。后因以“康哉”为赞颂时势安宁之词。

# 宋　璟

宋璟（663—737），邢州南和（今属河北）人。调露元年（679）进士及第。睿宗时任宰相，因奏请太平公主出居东都，被贬楚州刺史。玄宗时复任宰相，开元八年（720）罢相，封广平郡公。宋璟耿介有大节，立朝屡忤权嬖。与姚崇先后秉政，人称“姚宋”，旧史称开元之治姚宋之功最多。《全唐诗》编其诗六首。

## 蒲津迎驾①

回銮下蒲坂，飞旆指秦京②。洛上黄云送，关中紫气迎③。
霞朝看马色，月晓听鸡鸣。防拒连山险，长桥压水平④。
省方知化洽，察俗觉时清⑤。天下长无事，空馀襟带名⑥。

①“浦津”，指蒲津关。见李隆基《早度浦津关》注①。“迎驾”，迎接皇帝李隆基。驾，总称帝王车乘。

②“回銮”，皇帝御驾返回。銮，皇帝之车有銮铃，因作车驾的代称。“蒲坂”，地名。见李隆基《早度蒲津关》注③。“旆”，旗帜的通称。“秦京”，指长安。

③“洛上”，此处指洛阳。洛，指洛河。“紫气”，祥瑞的光气。

④“防拒”，防守拒敌。蒲津关为山河要隘，故云。“长桥”，指蒲津关上的黄河浮桥。

⑤“省（xǐng）方”，视察地方民情。“化洽”，即“洽化”，普沾教化。“时清”，即清时，指太平盛世。

⑥“襟带”，谓山川屏障环绕，如襟如带。此喻地势险要。指蒲津关。

## 王德真

王德真，武后时，为纳言，又为侍中，后以罪流放象州。《全唐诗》编其诗一首。

### 奉和圣制过温汤①

握图开万宇，属圣启千年②。骊阜疏缇骑，惊鸿映彩旃③。玉霜鸣凤野，金阵藻龙川④。祥烟聚危岫⑤，德水溢飞泉。停舆兴睿览，还举大风篇⑥。

①本篇系作者奉和唐高宗李治《过温汤》而作。“温汤”，见李治《过温汤》注①。

②“图”，计议，谋划。“万宇”，天下。宇，指上下四方。“属(zhǔ)”，接连，跟随。这句是说，高宗承继太宗之圣，而启千年皇业。

③“骊阜”，指骊山。“缇骑”，负责治安的官役。皇帝出行，在驾前先导，戒备非常。“鸿”，大雁的一种。“彩旃(zhān)”，赤色曲柄的彩旗。彩，花纹，光色。

④“玉霜”，此处指仪仗中的白色骏马。“金阵”，指黄色仪仗。“凤野”“龙川”，喻从长安到骊山温泉宫经过的形胜之地。“藻”，文采，修饰。

⑤“危岫”，高峻的峰峦。

⑥“舆”，轿。“睿”，明智；通达。《尚书·洪范》：“思曰睿，……睿作圣。”后常用为称颂皇帝的套语。“还举”句，是说李治还作了《过温

汤》的诗篇。举，推出。“大风篇”，汉高祖刘邦称帝后，回故乡宴故人亲友，席间击筑作歌曰：“大风起兮云飞扬，威加海内兮归故乡，安得猛士兮守四方。”后人因称为《大风歌》。此处系盛誉李治的诗作《过温汤》。

## 苏　颋

苏颋（tǐng，670—727），字廷硕，京兆武功（今陕西武功）人。武则天朝进士，历监察御史。神龙中迁给事中，修文馆学士，中书舍人。明皇爱其文，由工部侍郎进紫微侍郎，开元间居相位，袭父封号许国公。与宋璟共同理政，朝廷重要文件，多出其手，当时和张说（封燕国公）并称为“燕许大手笔”。有集三十卷，《全唐诗》编其诗两卷。

### 奉和圣制至长春宫登楼望稼穑之作①

帝迹奚其远，皇符之所崇②。敬时尧务作，尽力禹称功③。
赫赫惟元后，经营自左冯④。变芜秔稻实，流恶水泉通⑤。
国阜犹前豹，人疲讵昔熊⑥。黄图巡沃野，清吹入离宫⑦。
是阅京坻富，仍观都邑雄⑧。凭轩一何绮，积溜写晴空⑨。
礼节家安外，和平俗在中⑩。见龙垂渭北，辞雁指河东⑪。
睿思方居镐⑫，宸游若饮丰。宁夸子云从，只为猎扶风⑬。

① 这是奉和皇帝观稼的诗。长春宫，离宫名，址在今陕西大荔县境内。

②“奚”，表示疑问，相当于为什么。“符”，祥瑞的征兆。

③“敬时”句，言尧设天文官，掌管历象，又命鲧整治洪水等政事。“尽力”句，言禹治水十年，终于成功，建立夏朝当君主后，注意农时仍尽力于沟洫之利。尧、禹，皆为古代明君。

④“赫赫”，显赫盛大貌。“元后”，天子，指唐玄宗。“左冯（píng）”，左冯翊的简称。汉代郡名，为拱卫首都长安三辅之一。约相当于今陕西渭河以北，泾河以东，洛河中下游地区。

⑤这两句写垦荒种地、兴修水利之事。“芜”，荒芜。“秔（jīng）”，不黏的稻。“粳”的异体字。

⑥“国阜”，国家强盛。阜，盛，大。“前豹”，即前豹之变，豹文变美，喻润色事业。“讵”，曾。“昔熊”，指古之熊渠，为善射者。《韩诗外传》六：“昔者楚熊渠子夜行，寝石，以为伏虎，弯弓而射之，没金引羽，下视，知其为石。”这两句是说，国家强盛，与贞观以来相仿佛，征人虽劳，也是善射之强者。

⑦“黄图”，帝都。“清吹”，指管乐演奏，泛指奏乐。“离宫”，古代帝王于宫殿之外别筑宫室，以便随时游处，谓之离宫，言与正式宫殿分离。此处指长春宫。

⑧“京坻（chí）”，《诗经·小雅·甫田》：“曾孙之庾，如坻如京。”《传》：“京，高丘也。”《笺》：“坻，水中之高地也。”指谷米堆积如山，形容丰收。“都邑”，城邑，城市。

⑨“绮”，华丽，美盛。“积溜”句，指稻子成熟，稻穗下垂，如天所雨之金。“写”，通作“泻”。

⑩“礼节”，行礼的分寸等级。

⑪“垂”，落下。“渭北”，渭水之北，长春宫在渭北。“河东”，黄河之东。河，指黄河。

⑫“睿”，通达，明智。常用以称颂皇帝。“镐”，地名，故址在今西安西南，沣水东岸，为西周首都。此代指京城。“宸游”，帝王的巡游。“饮丰”，在丰都宴饮。丰，在沣水西岸，为西周另一都城。

⑬“宁”，乃，竟。“子云”，即汉代的扬雄。扬雄（前52—公元18年），字子云。曾作《长杨》等四赋。长杨，汉行宫名，地在盩厔（今作周至，属西安市）县。盩厔县为汉武帝时所置，属右扶风。其时，武帝命右扶风发民入南山捕熊罴虎豹麋鹿，送至长杨宫射熊馆，令胡人手搏之，自取其获，“上亲临观焉”，时值秋稼熟，农民不得收割。（见《汉书·扬雄传下》）诗中所说“猎扶风”，即指此。作者扈从皇帝至此，称颂皇帝之宸游，并非是射猎扰民，而是关心农业的收成，可见本诗虽为应制，亦能不忘民生。

## 张　说

张说（667—730），字道济，一字说之。洛阳（今属河南）人，武则天时应诏策对，得一等，授左补阙，擢凤阁舍人。中宗时任兵部侍郎等职。睿宗朝，进同中书门下平章事。劝睿宗以太子李隆基（即后来的玄宗）监国。开元初，进中书令，封燕国公。后为集贤院学士，尚书左丞相，有《张燕公集》。张说为文属思精壮，长于碑志，朝廷大述作，多出其手，诗法特妙，晚谪岳阳，而诗益凄婉，人谓得江山之助。《全唐诗》编其诗五卷。

## 奉和圣制初入秦川路寒食应制[①]

上阳柳色唤春归，临渭桃花拂水飞[②]。总为朝廷巡幸去，顿教京洛少光辉[③]。昨从分陕山南口[④]，驰道依依渐花柳。入关正投寒食前，还京遂落清明后[⑤]。路上天心重豫游，御前恩赐特风流[⑥]。便幕那能镂鸡子，行宫善巧帖毛球[⑦]。渭桥南渡花如扑，麦陇青青断人目。汉家行树直新丰，秦地骊山抱温谷[⑧]。香池春溜水初平，预欢浴日照京城[⑨]。今岁随宜过寒食，明年陪宴作清明。

① 此系奉和李隆基《初入秦川路逢寒食》之作。详见李隆基该诗注①。

②“上阳”，即上阳宫，在洛阳。“渭”，渭水，渭水横穿关中，临渭，临近渭河。此言李隆基由洛阳巡行并州（太原）返回秦中的时节。

③“巡幸”，旧谓帝王到外地巡视。“京洛”，即洛阳。因东周、东汉曾建都于此，故称京洛。“少光辉”，言帝已离京洛，故使洛阳少了光辉。

④“分陕”，相传周初周公、召公分陕而治。陕即陕原、陕陌，地在今河南三门峡市陕州区。“山”，指商颜山，即商原，亦称许原，地在冯翊治所北。从临晋关到长安，须经此山之南，故曰“山南口”。

⑤ 这两句是说，从冯翊（今陕西大荔县）临晋关到长安，尚有三四百里路程，故从寒食日算起，两三天不能到达，故曰还京遂落清明后。“寒食”，见李隆基《初入秦川路逢寒食》注①。“关”，指临晋关。

⑥“天心”，指皇帝之心。“豫游”，巡游。“风流”，荣宠。

⑦“便幕”，巡幸时在路上所搭的帷幕或篷帐。“镂鸡子”，在鸡蛋上雕刻图案。镂，雕刻。“行宫”，京城以外供帝王出行时居住的宫殿。

"球"，即鞠丸。古代习武用具，以皮为之，中实以毛，足踏或杖击为戏。

⑧"新丰"，见李治《过温汤》注③。"温谷"，有温泉之山谷。

⑨香池，指骊山温泉宫御汤。"溜"，小股水流。"浴日"，谓日浴于咸池，语出《淮南子》，后来称旭日初升，光影与水流上下的影像为浴日。

## 奉和圣制登骊山瞩眺应制[①]

寒山上半空，临眺尽寰中。是日巡游处，晴光远近同。
川明分渭水，树暗辨新丰[②]。岩壑清音暮[③]，天歌起大风[④]。

①此诗是奉和唐中宗李显《登骊山高顶寓目》之作。

②"川"，指渭水。"新丰"，见李治《过温汤》注③。

③"清音"，清亮的声音。晋左思《招隐诗》："非必丝与竹，山水有清音。"

④"天歌起大风"，双关语，一云大风就是苍天之歌声；一云天歌即天声，喻国家之声威。"大风"，宏伟的风度或气派。

## 扈从温泉宫献诗[①]

温泉启蛰气氛氲，渭浦归鸿日数群[②]。骑仗联联环北极，
鸣笳步步引南熏[③]。松间彩殿笼佳气，山上朱旗绕瑞云[④]。
不知远梦华胥国，何如亲奉帝尧君[⑤]。

①“扈从”，随从，侍从。此处指侍从中宗皇帝去温泉宫。“温泉宫”，见李治《过温汤》注①。

②“启蛰”，即惊蛰。二十四节气之一，在公历三月五日或六日。此时气温上升，土地解冻，春雷始鸣，蛰伏过冬的动物惊起活动，故名。“氛氲”，盛貌。“渭浦”，渭河水滨。温泉宫临近渭河，故云。

③这两句写去温泉宫的皇帝仪仗。“北极”，北极星的简称，也叫北辰、天枢。《晋书·天文志上》：“北极五星，钩陈六星一，皆在紫宫中，北极，北辰中最尊者也。”此处指皇帝。“熏”，即“南薰”。旧传虞舜弹五弦琴，歌《南风》诗，诗中有“南风之薰兮，可以解吾民之愠兮”等句。后以南薰为煦育的意思。

④这两句写皇帝已到温泉宫。“彩殿”，温泉宫中之殿。“山上”句，写皇帝的仪仗。温泉宫在骊山，故朱色之旗环宫绕之，高处已在山顶。

⑤“华胥国”，寓言中的理想国。《列子》中写黄帝昼寝而梦，游于华胥之国，国中一切皆自然，无利害。“帝尧君”，对当朝皇帝之美称。

## 沈佺期

沈佺期（约656—715），字云卿，相州内黄（今属河南）人。高宗上元二年（675）登进士第，武后时任考功郎、给事中。以谄附武后内宠张易之而流放驩州。中宗神龙时（705—707），召拜起居郎兼修文馆直学士，官至中书舍人、太子少詹事，开元初卒。沈诗与宋之问齐名，时称“沈宋”，多应制之作。其诗长于七言，辞采靡丽而律体精密，对律体诗之定型颇有贡献。《全唐诗》编其诗三卷。

## 辛丑岁十月上幸长安时扈从出西岳作[1]

西镇何穹崇，壮哉信灵造[2]。诸岭皆峻秀，中峰特美好。
傍见巨掌存，势如石东倒[3]。颇闻首阳去，开坼此河道[4]。
磅礴压洪源，巍峨壮清昊[5]。云泉纷乱瀑，天磴屹横抱[6]。
子先呼其巅，宫女世不老[7]。下有府君庙，历载传洒扫[8]。
皇明应天游，十月戒酆镐[9]。微末忝闲从，兼得事页藻[10]。
宿心爱兹山，意欲拾灵草[11]。阴壑已永闷，云窦绝探讨[12]。
芳月期来过，回策思方浩[13]。

① 本篇作于武则天称帝后之大足元年（701 年，辛丑岁）。“上”指武则天。《资治通鉴》卷二〇七记载，大足元年“冬十月壬寅，太后西入关，辛酉至京师，赦天下，改元长安”。“幸”，古代称皇帝亲临为幸。武则天常驻东都洛阳，故有“幸长安”之说。“扈从”，随从，侍从。“西岳”，指华山。

②“西镇”，一方的主山称镇，这里指西岳华山，因其在洛阳之西，又为西岳，故曰西镇。“穹崇”，高貌。“信灵造”，确实是巨灵所造。巨灵，古代神话中劈开华山的河神。

③ 这四句说华山之中峰特别美好。“中峰”，即玉女峰。“傍见”两句，言东峰直撑晴空，其势如削，微向东倾。“巨掌”，即仙人掌。华岳东峰别名。峰侧石上有痕，自下望之，很像手掌，五指俱全。

④ 这两句是说，巨灵将华山、首阳一分为二，以通河道，南曰华山，北曰首阳。“坼（chè）”，裂开。

⑤“洪源”，黄河。“清昊”，澄澈的昊天。昊天，又指一定方位的天。

《吕氏春秋·有始览》："西方曰颢天。""颢"与"昊"通。华山属西岳，故曰"壮清昊"。

⑥ 华山登山石径极险，故凿石为磴（阶）而通峰顶。"屹"，高耸貌。"抱"，两臂合围之距称抱。"屹横抱"，是说登山的磴道宽约一抱，直通险峻之山顶。

⑦"子先"，人名。原名呼子先。据汉刘向《仙人传》载，呼子先是汉中郡卜师，老寿百馀岁。临去，呼酒家老妪各乘茅龙飞上华阴山，常于山上大呼"子先酒家母在此"。"宫女"，指传说中的仙女毛女。据《列仙传》记载，毛女字玉姜，在华阴山中，形体生毛，自言秦始皇宫人，流亡入山，食松叶，故不饥寒。

⑧"府君庙"，指华山下的华岳庙。

⑨ 这两句说，皇帝是应天意而游华山，十月返回长安。"戒"，到。"酆镐"，西周旧都，酆京为周文王所建，在今西安沣水之西，镐京为周武王所建，在沣水东。此处指长安。

⑩"微末"，作者自指，系自谦之词。"忝"，谦辞，表示辱没他人，自己有愧。"事页藻"，协助处理文翰之事。"藻"，辞藻，文章。

⑪"宿心"，长久以来的心愿。"灵草"，仙草。汉班固《西都赋》："于是灵草冬荣，神木丛生。"注："神木灵草谓不死之药也。"

⑫ 这两句说，因要扈从回长安，故不能去阴壑和高峰的云窦之间去拾灵草。"闷（bì）"，闭。"云窦"，云团的洞隙。"绝探讨"，断绝了对灵草的探寻和采摘。

⑬ 这两句是说，春月期待再来，到那时想法方能更多。"回策"，乘马返回（洛阳途经华山），策，马鞭。"浩"，多。

## 陇头水[1]

陇山飞落叶[2]，陇雁度寒天。愁见三秋水，分为两地泉。西流入羌郡[3]，东下向秦川。征客重回首，肝肠空自怜[4]。

①“陇头水”，见卢照邻《陇头水》注①。

②“陇山”，六盘山南端的别称。古称陇坂，在今陕西省宝鸡市陇县西北，延伸于陕甘边境，南北走向，长约二百里。山势陡峻，为渭河平原与陇西高原的分界。

③“羌郡”，羌人群居的地区。羌，我国古代西部民族之一。“郡”，一作“部”。

④“征客”，远行或出征的人，这里是作者自指。“怜”，怜惜。

# 孙　逖

孙逖（695—761），潞州涉县（今属河北）人，幼而能文，属思警敏。开元间，三擢甲科，擢左拾遗、集贤院修撰，改考功员外郎，迁中书舍人，终太子詹事。与颜真卿、萧颖士、李华皆同时，称海内名士。《全唐诗》编其诗一卷。

## 奉和登会昌山应制[1]

岩磴列云旗，吾君访道时[2]。乾行万物睹，日驭六龙迟[3]。

望远回天顾，登高动睿词[4]。愿因山作寿，长保会昌期[5]。

①此系奉和唐玄宗李隆基登会昌山之作。“会昌山”，即骊山。唐玄宗天宝元年（742）改名会昌山（天宝七载，改称昭应山）。俗仍谓之骊山。“应制”，应皇帝之命。内容多为歌功颂德，蹈袭陈言。

②“君”，指玄宗皇帝。

③“乾行”，《易经·乾卦》，“乾”，象天象君。指玄宗登会昌山之行。“日驭”，太阳。太阳如轮，周行不息，故称。“六龙”，皇帝车驾的六匹马，马八尺称龙，因称六龙。驾以六龙，此指玄宗。

④“回天顾”，皇帝掉转头看。“天”，指玄宗皇帝。“睿词”，指玄宗皇帝的诗作。

⑤“会昌期”，双关语，一指玄宗登会昌山。一为称颂玄宗。“昌期”，昌隆兴盛的时期。

## 卢　象

卢象，字纬卿，文水（今属山西）人。开元中为秘书郎，转右卫仓曹掾，丞相张九龄深器之，擢左补阙、司勋员外郎，因事被贬为膳部员外郎。安史乱后，受伪职，贬永州司户，起为主客员外郎。有诗名，誉充秘阁，“妍词一发，乐府传贵”（刘禹锡语）。《全唐诗》编其诗一卷。

# 驾幸温泉[①]

传闻圣主幸新丰，清跸鸣銮出禁中[②]。细草终朝随步辇，垂杨几处绕行宫[③]。千官扈从骊山北，万国来朝渭水东[④]。此日小臣徒献赋，汉家谁复重扬雄[⑤]。

①“驾”，皇帝车乘总称为驾，此处指玄宗之驾。“幸”，旧指帝王到达某地曰幸。“温泉”，宫名，指骊山温泉宫。太宗贞观十八年（644）命名曰“汤泉宫”，温泉宫系高宗咸亨三年（672）所命名，但开元前期仍称温汤。《资治通鉴》胡注以为开元十一年（723）始更名为温泉宫，天宝六载（747）更名为华清宫。

②“圣主”，指唐玄宗。“新丰”，见李治《过温汤》注③。“清跸”，皇帝出行，清道戒严。清，谓清理道路。跸，谓辟止行人。“鸣銮”，指皇帝或贵族出行。銮，系在马勒或车前横木上的铃。“禁中”，指皇宫。

③“细草”，一作“佳气”。“步辇”，辇，车。殷周时用以载物，至秦，去轮为舆，改由人抬，称步辇，乃皇帝皇后所乘，也指乘步辇而行。“行宫”，京城以外供帝王出行时居住的宫殿，此处指温泉宫。

④“扈从”，随从，侍从。“万国来朝”，唐玄宗去温泉宫游幸，规模甚大，“八十一车千万骑，朝有宴饮暮有赐”，等于把长安政府机关搬到了这里。玄宗在开元后期，尤其是天宝四载（745）册立杨贵妃后，每年避寒都要去温泉宫（即后来的华清宫），愈住时间愈长，最长的一次竟达九十六天。从天宝六载（747）冬起，新命名的华清宫实际上成为另一个行政中心，其时外国使节朝贺活动，也在此举行。“万

国”，言众多外国。“朝”，臣见君为朝。“渭水东”，渭水在骊山西即呈西南东北流向，凡五十里。华清宫在渭水东南，故云。

⑤ 这两句说自己温泉献诗，希望得到重用。“扬雄”，西汉著名辞赋家、哲学家、语言学家，擅长作赋。成帝时，以文见召，作《甘泉》《河东》《羽猎》《长杨》四赋为汉王朝歌功颂德，任为郎，给事黄门。后历成、哀、平三朝，皆无升进。卢象在此处以扬雄作比，希望献诗后能得到重用。

## 徐安贞

徐安贞，初名楚璧，龙丘人。玄宗开元年间，为中书舍人，集贤院学士。帝属文，多令视草，终中书侍郎，与李林甫同用事。天宝后，避罪衡山岳寺，李邕识之，因载车北归。行至长沙，谓其守曰：“潇湘逢故人，若幽谷之睹太阳。不然，委填岩穴矣。”《全唐诗》编其诗十一首。

### 奉和圣制早度蒲津关①

仙掌临秦甸，虹桥辟晋关②。两都分地险③，一曲度河湾。
路得津门要，时称古戍闲④。城花春正发，岸柳曙堪攀。
后乘犹临水，前旌欲换山⑤。长安回望日，宸御六龙还⑥。

① 这首诗是奉和唐明皇李隆基《早度蒲津关》而作。“蒲津关”，见该诗

注①。

②“仙掌”，华山东峰，峰侧石上有痕，自下而望，很像手掌，五指俱全。故以其为东峰别名，此处代指华山。“秦甸”，秦地长安郊外的地方。华山在今华阴市境。“虹桥”，指蒲津关的黄河浮桥。“晋关”，蒲津关，亦名临晋关。

③“两都”，指西都长安和东都洛阳。又，蒲津关的黄河东之蒲坂，相传为舜帝所都，与河西不远处的都长安，故曰两都，亦通。

④“津门”，设置在渡口上的关门。即蒲津关门。“古戍”，蒲津关地处山河要隘，自古为兵家必争之地，常有军队戍守，故有是称。

⑤这两句写皇帝的车驾一行，言人数众多。“后乘”，队伍后面的人。“临水”，刚到水边（尚未上桥过河）。“前旌”，皇帝车前的仪仗。旌，旌旗。“欲换山”，由河东的中条山换为河西的华山和商颜山，言前队早已渡过黄河。

⑥“宸”，北极星所在为宸，后借指帝王所居，又引申为王位、帝王的代称。“六龙”，皇帝车驾的六匹马，马八尺为龙，因称六龙。

## 从驾温泉宫[①]

神女调温液，年年待圣人[②]。试开临水殿，来洗属车尘[③]。
暖气随明主，恩波浃近臣[④]。灵威自无极，从此献千春[⑤]。

①“温泉宫”，见李治《过温汤》注①。

②“圣人”，这里指唐玄宗。唐代前期诸帝，都出游温泉宫（即汤泉宫），而唐玄宗尤甚。先前已出游温泉宫数次，自开元二十六（738）年至

天宝五载（746），年年均去此宫。

③“属车”，皇帝的侍从车子。也称副车、贰车、佐车。秦汉以来，皇帝大驾属车八十一乘，法驾属车三十六乘。

④“明主”，指玄宗。“恩波”，指帝王的恩泽。“浃”，沾润。“近臣”，君主左右亲近之臣。

⑤“灵威”，指神灵之威。

## 王　维

王维（699—761），字摩诘，河东蒲州（今山西永济）人，开元年间擢进士第，官至给事中。安禄山陷长安，迫其任伪职，乱平后受到降职处分，后迁至尚书右丞，故世称王右丞。晚年退居蓝田辋川别墅，过着亦官亦隐的生活。王维诗画皆佳，名盛于开元天宝间。以其画而言，云势石色，山水平远，皆天机所道，非学而能。以其诗而论，边塞诗慷慨激昂，雄俊奋发，山水田园诗更开宗派，辞秀调雅，意新理惬，而风格多样，造诣极高。《全唐诗》编其诗四卷。

### 渭川田家①

斜阳照墟落，穷巷牛羊归②。野老念牧童，倚杖候荆扉③。雉雊麦苗秀，蚕眠桑叶稀④。田夫荷锄至，相见语依依。即此羡闲逸，怅然吟式微⑤。

① 此诗写的是关中渭川农村初夏黄昏时的景色。“渭川”，渭水，源出今甘肃鸟鼠山，东流横贯关中，至潼关入黄河。“川”，一作“水”。

②“墟落”，村落。“穷巷”，深巷。

③“野老”，田家老人。“荆扉”，犹言柴门。

④“雉雊（gòu）”，野鸡鸣叫。《诗经·小雅·小弁》：“雉之朝雊，尚求其雌。”“麦苗秀”，指麦苗抽穗扬花。“蚕眠”，蚕蜕皮时，不吃不动如睡眠状，故云。蚕眠四次即作茧。

⑤“闲逸”，安闲。“式微”，《诗经·邶风·式微》：“式微，式微，胡不归。”式，发语词，无义。微，幽暗，指天将暮。后来泛称事物由盛而衰曰式微。这两句写作者羡慕田家生活之安闲。自开元二十五年(737)，宰相张九龄被排挤出朝廷后，王维深感失去了政治上的依傍，进退两难，故而见到田家生活，既羡慕又怅然，寓有归耕之意。

## 过香积寺①

不知香积寺，数里入云峰。古木无人径，深山何处钟②。
泉声咽危石，日色冷青松③。薄暮空潭曲，安禅制毒龙④。

① 香积寺系佛教净土宗寺院，京城长安近处有两座香积寺，一在韦曲西南之神禾原，一在长安西北之醴泉（今作礼泉，属咸阳市）县，此当指醴泉县九嵕山之香积寺。昭陵亦在九嵕山。北宋人宋敏求《长安志图·唐昭陵图》：“香积寺与麻池相近，菩提寺在其左，惠昭寺在其右，属醴泉县。”寺今已不存。据诗句“数里入云峰”和“泉声咽危石”，知与长安韦曲西南之香积寺不合，因其并非在山中，所以王维

所过的当是九嵕山的香积寺。“过”，寻访，游览。

② 这四句言入得山中，意外遇到罕无人迹之处，传出钟声，竟有古寺深藏也。

③ 这两句写山中闻见。泉声咽，因危石阻碍也；日色冷，因青松森然，故有此感也。“咽”，声塞。

④ 这两句借佛教故事而想象众僧人之修禅生活。“空潭曲”，因潭曲本为毒龙所居，现在空而无龙，想其必已为高僧所制伏。“安禅”，指僧人坐禅时身心安然入于宁静之境。“制毒龙”，《涅槃经》谓：“但我住处有一毒龙，其性景急，恐相危害。”毒龙，此处是机心妄想之意，即世俗人欲望之喻。

## 观猎①

风劲角弓鸣，将军猎渭城②。草枯鹰眼疾，雪尽马蹄轻③。
忽过新丰市，还归细柳营④。回看射雕处⑤，千里暮云平⑥。

① 题一作《猎骑》，写将军冬猎，形声气势俱在，诗情画意盎然。姚合《极玄集》评价曰：“此诗家射雕之手也。”

② “风劲（jìng）”，风势猛烈。劲，强。“角弓鸣”，以弓箭射猎也，箭发而弓弦响。故云。角弓，用角装饰的硬弓。“渭城”，秦时咸阳城，汉改称渭城。地在长安城西北，渭水之北。

③ “鹰”，猎鹰。出猎时所带之鹰。此与宋苏轼《江城子·密州出猎》中的“左牵黄（犬），右擎苍（鹰），锦帽貂裘，千骑卷平冈。”与此可为同调。“鹰眼疾”，因草枯，言鹰眼锐利也；“马蹄轻”，因雪尽，言

马善驰且无滞碍也。此与杜甫《房兵曹胡马诗》中句“风入四蹄轻”亦为同调。

④“新丰”，见李治《过温汤》注③。其故地在今陕西西安临潼区东北。古时盛产美酒。“细柳营”，在长安西南，是汉代大将周亚夫屯兵之地。以“细柳仓”得名。此处代指该冬猎将军所辖之军营。

⑤“雕”，猛禽名，不易被射中，因称射箭高手为射雕手。“射雕处”，指将军打猎之处。

⑥这句是说将军离开打猎的地方已经很远。远处的暮云已与其视线相平了。

## 渭城曲①

渭城朝雨浥轻尘，客舍青青杨柳春②。劝君更尽一杯酒，西出阳关无故人③。

①“渭城曲”，此诗本送人使安西诗，随之被乐入歌，广为传唱。刘禹锡、白居易诗中亦有记载，宋人郭茂倩《乐府诗集》将其列入“近代曲”中。题一作《送元二使安西》。元二，名不详。安西，唐都护府名，治所在今新疆维吾尔自治区库车县境。

②“渭城”，见《观猎》注②。“浥”，湿润。“杨柳春”，一作“柳色新”。

③“阳关”，汉置，故址在今甘肃敦煌西南。《元和郡县志》中说，因其在玉门关东南，故名阳关。古为通西域要道。“西出”句，清沈德潜《唐诗别裁》云：“阳关在中国（国之中部）外，安西更在阳关外，言阳关已无故人矣，况安西乎。”解得很是贴切。

## 少年行四首（选一首）[①]

新丰美酒斗十千[②]，咸阳游侠多少年[③]。相逢意气为君饮，系马高楼垂柳边[④]。

①《少年行》四首，分咏咸阳少年的豪情、壮怀、气概和遭遇。此为第一首，写咸阳少年豪迈气概。“行”，乐府和古诗的一种体裁。

②“新丰”，见李治《过温汤》注④。“斗十千”，极言酒价之昂贵。斗，酒器。

③“咸阳”，此处代指京城长安。

④“意气”，此处指志趣相投。

# 崔　颢

崔颢（？—754），汴州（今河南开封）人，开元进士，官司勋员外郎。其少年时所作之诗，有轻薄浮艳者，亦有反映上层社会生活者，晚节忽变常体，风骨凛然，后历边塞，诗风更显雄浑奔放。《全唐诗》编其诗一卷。

## 题潼关楼

客行逢雨霁，歇马上津楼[①]。山势雄三辅，关门扼九州[②]。川从陕路去，河绕华阴流[③]。向晚登临处，风烟万里愁。

①“霁”，雨雪后转晴。“津楼”，潼关关楼。潼关，一名潼津关。

②“三辅”，指长安及其附近地区。汉代在京城长安及附近地区设立了三个行政区，其长官称作京兆尹、左冯翊、右扶风。潼关在汉代属京兆尹所辖。“九州”，古代分天下为九州，此处指天下。

③“川”，川道。“从”，向。“陕路”，陕陌（地处陕州，今河南三门峡市陕州区）通两京之路。“河”，指黄河。“华阴”，华山北面。山北曰阴。

## 行经华阴[①]

岧峣太华俯咸京[②]，天外三峰削不成[③]。武帝祠前云欲散，仙人掌上雨初晴[④]。河山北枕秦关险[⑤]，驿树西连汉畤平[⑥]。借问路傍名利客，无如此处学长生。

①“华阴”，县名（今属陕西），位于华山之北。

②“岧峣（tiáo yáo）”，高峻貌。“太华”，即华山，有别于该山之西的少华山，故名。“咸京”，咸阳，是秦国的都城，此处代指长安。

③“天外三峰”，言华山的三峰高出天外。“三峰”，指莲花、明星、玉女三峰。“削不成”，非人力能够削成（只有依靠河神巨灵了）。《山海经·西山经》：“太华之山，削成而四方，其高五千仞，其广十里。”

④“武帝祠”，指巨灵祠。汉武帝登华山顶的东峰（即仙人掌峰）修筑了巨灵祠。巨灵为黄河之神，相传他将华山劈为华山和首阳山，使河水不致曲行。留下掌足之迹，实则是石岩而如掌形。

⑤“枕”，临、靠近。“秦关”，指函谷关。关为秦时所建，故址在今河南

灵宝市东北，与西汉函谷关（在今河南新安）相去三百里。

⑥“汉畤”，在今陕西省凤翔县南。畤，系帝王祭祀天地之处。

## 渭城少年行[①]

洛阳三月梨花飞，秦地行人春忆归。扬鞭走马城南陌，朝逢驿使秦川客[②]。驿使前日发章台[③]，传道长安春早来。棠梨宫中燕初至，葡萄馆里花正开[④]。念此使人归更早，三月便达长安道。长安道上春可怜[⑤]，摇风荡日曲江边。万户楼台临渭水，五陵花柳满秦川[⑥]。秦川寒食盛繁华[⑦]，游子春来不见家。斗鸡下杜尘初合，走马章台日半斜[⑧]。章台帝城称贵里，青楼日晚歌钟起[⑨]。贵里豪家白马骄，五陵年少不相饶[⑩]。双双挟弹来金市，两两鸣鞭上渭桥[⑪]。渭城桥头酒新熟[⑫]，金鞍白马谁家宿。可怜锦瑟筝琵琶，玉壶清酒就倡家[⑬]。小妇春来不解羞，娇歌一曲杨柳花。

①这首诗写渭城春日之美和渭城少年放荡不羁的生活。“渭城”，见王维《观猎》注②。“行”，一种诗体。

②“城”，指洛阳城。“驿使”，传驿的使信。“秦川客”，家住秦川的人。因来到洛阳，故曰“客”。

③“章台”，战国时所建宫名，以宫内有章台而名，故址在长安，此处代指唐宫。

④“棠梨宫”，汉宫名。《三辅黄图》三：“棠梨宫在甘泉苑垣外云阳南三十里（地在今陕西泾阳县）。”“葡萄宫”，汉宫名。汉哀帝时单于

来朝住在此宫。后借指胡人在京师的住处。亦名葡萄馆。

⑤“可怜”，可爱。

⑥这两句写渭城春日之美，极是精警。“渭水”，流经渭城。“五陵”，汉朝皇帝每立陵墓，都把四方富家豪族和外戚迁至陵墓附近居住。最著名的为五陵，即高祖长陵、惠帝安陵、景帝阳陵、武帝茂陵、昭帝平陵。后来诗文中常以五陵为豪门贵族聚居之地。

⑦“寒食”，节令名。在清明前一日或两日。

⑧“斗鸡”，以鸡相斗的游戏。“下杜”，地名。周有杜原城，汉宣帝时在原上筑陵墓并置县，改名下杜。“章台”，宫名。战国时所建，宫在咸阳渭水之南。

⑨“帝城”，都城。

⑩“不相饶”，不相宽容，意即相互斗胜。

⑪“弹”，弹弓。“渭桥”，汉唐时长安附近渭水有三座桥，此处系泛指。

⑫“酒新熟”，指新酒已经酿熟。

⑬“倡”，古称以歌舞为业的女艺人为倡。

## 祖　咏

祖咏（699？—746?），洛阳（今属河南）人。后迁居汝水以北，开元十二年（724）擢进士第，与王维友善，作品以写自然景物居多。《全唐诗》编其诗一卷。

## 七夕[①]

闺女求天女，更阑意未阑[②]。玉庭开粉席，罗袖捧金盘[③]。向月穿针易，临风整线难[④]。不知谁得巧，明旦试相看。

①“七夕”，阴历七月初七夜。民间传说牛郎织女此夜在天河相会，后又掺入妇女们穿针乞巧、祈寿祈福等活动。这首诗写闺女们七夕之乞巧。

②“求天女”，指向织女乞巧。天女，指织女。“更阑”，更深夜尽。阑，晚，残尽。

③“开粉席”，指众闺女一块儿向月而坐。粉，妇女化妆用品，用以敷面，此处代指闺女。席，用草或竹篾等编成而供坐卧铺垫的用具。“罗袖”句，是说闺女们所捧的摆放着针线等物的盘子。

④这两句写乞巧。从眼中所见的微小物事，一经祖咏道出，不唯诗中有画，更是巧妙而富于哲理，故佳。

## 李　颀

李颀（690—751），东川（在今四川省三台一带）人，一说河南颍阳（今河南登封）人。开元十三年（725）登进士第，官新乡尉。后辞官归隐于颍阳之东川别业。擅七言歌行及边塞诗，诗风豪放慷慨。《全唐诗》编其诗三卷。

## 望秦川[1]

秦川朝望迥，日出正东峰[2]。远近山河净，逶迤城阙重[3]。
秋声万户竹，寒色五陵松[4]。客有归欤叹，凄其霜露浓[5]。

① 李颀晚年归东川老家，从诗中“归欤”之叹推测，可能是其离开长安时所作。“秦川”，依诗中所述，当指长安一带。

②“迥（jiǒng）”，遥远。

③“净”，明洁。“逶迤”，弯曲而延续不断貌。“重”，重叠。

④“五陵”，见崔颢《渭城少年行》注⑥。

⑤“归欤”，用《论语》成语。犹归哉。“欤”，语气词，表示感叹。“凄”，凄然。《礼记·祭义》：“霜露既降，君子履之必有凄怆之心，非其寒之谓也。”这两句有微词，寓其仕途不彰也。

## 储光羲

储光羲（706—763），籍贯兖州（今属山东），一说润州（今江苏镇江）。开元十四年（726）擢进士第，诏中书试文章，官监察御史。安禄山陷长安，他受伪职，乱平后被贬岭南。有《储光羲集》。其诗源出陶渊明，质朴之中有古雅之味。《全唐诗》编其诗四卷。

## 渭桥北亭作①

停车渭阳暮，望望入秦京②。不见鹓鸾道，如闻歌吹声③。乡魂涉江水，客路指蒲城④。独有故楼月，今来亭上明。

①唐代长安附近渭水有东、中、西三座桥梁，以诗中所述之蒲城，此桥或指东渭桥，故址在今西安市东北灞水、泾水合渭处东侧。

②“渭阳”，渭水之北。水北曰阳。“秦京”，长安。

③“鹓（yuān）鸾”，鸾凤之属，谓高贵之人。“歌吹”，歌声和鼓吹声。

④“乡魂”句，因其籍贯润州（今江苏镇江），故云“涉江水”。“蒲城”，县名（今属陕西），开元四年（716）改名奉先，在长安东北三百里。

## 石瓮寺①

遥山起真宇②，西向尽花林。下见宫殿小，上看廊庑深③。苑花落池水，天语闻松音④。君子又知我，焚香期化心⑤。

①“石瓮寺”，亦称福崖寺，在骊山华清宫外的东绣岭。寺西有瀑，激石成臼，形状似瓮，故名。此寺系唐开元年间由建造温泉宫所馀材料建成。

②“真宇”，指石瓮寺。

③此句极言山顶石瓮寺之高，故下望华清宫，自觉其小。“宫殿”，指华清宫。“廊庑”，堂下周围的走廊、廊屋。

④“天语”，指风声。

⑤“期化心”，期待（被佛）感化之心（即向佛之心）。

## 新丰主人[①]

新丰主人新酒熟，旧客还归旧堂宿。满酌香含北砌花，盈尊色泛南轩竹[②]。云散天高秋月明，东家少女解秦筝[③]。醉来忘却巴陵道，梦中疑是洛阳城[④]。

① 诗人是新丰主人家的熟客，故而再宿主人家，少了拘束，多了融洽。“新丰”，见李治《过温汤》注③。

② 这首诗写主客之间感情之融洽。“尊”，同“樽”。

③“秦筝”，类似瑟的弦乐器，传为秦蒙恬所造。“解秦筝”，即会弹秦筝。解，晓悟，理解。

④“巴陵”，郡名，治所在今湖南岳阳。“洛阳”，地名，今属河南省。

## 陇头水送别[①]

相送陇头水，东西陇头流[②]。从来心胆正，今日为君愁。暗雪迷征路，寒云隐戍楼[③]。唯馀旌旆影，相逐去悠悠。

①“陇头水”，见卢照邻《陇头水》注①。又名陇坻、陇坂，在今陕西陇县和甘肃平凉一带，山势险峻，为要隘。郭仲产《秦州记》曰：“陇

山东西百八十里，登山岭东望秦川四五百里，极目泯然。山东人行役升此而顾瞻者，莫不悲思。”这首诗写的便是陇山送别情景。

② 陇山是秦陇的界山。而陇水也是东西分流。东者流入今陕西陇县，西者流入今甘肃清水。此处东流者，寓意诗人自己；西流者，寓意西去的友人。

③“戍楼”，指陇山上的戍守城楼。

## 范　朝

范朝，开元中进士，《全唐诗》编其诗二首。

### 题石瓮寺[①]

胜境宜长望，迟春好散愁。关连四塞起，河带八川流[②]。
复磴承香阁，重岩映彩楼。为临温液近，偏美圣君游[③]。

①“石瓮寺”，见储光羲《石瓮寺》注①。

② 这两句写石瓮寺上之远望。关，指关中四周之关，即东潼关、南武关、西散关、北萧关。四塞，言关中四面有关山之固。“河”，黄河。“八川”，绕长安之八水，即泾、渭、浐、灞、沣、滈、涝、潏八条河流。

③“温液”，温泉。“美”，甘美。引申凡事物美好者皆称美。

# 王昌龄

王昌龄（？—约756），字少伯，京兆长安（今属陕西西安）人。一作太原（今属山西）人。开元十五年（727）进士及第，授汜水尉，再迁江宁丞。天宝七载（748）贬龙标（今湖南黔阳）尉，世称王江宁或王龙标。安史乱起，流落途中道出濠州，为刺史闾丘晓所忌而杀。他在当时颇负盛名，与名诗人如李白等多有交往。其诗擅长七绝，时称“诗家夫子王江宁”，其七绝以抒情为主，气势雄浑，格调高昂，而文字奇俊，意味深醇，可与李白相媲美。明人王世贞云：“七言绝句，王江宁与太白争胜毫厘，俱是神品。”非溢美也。《全唐诗》编其诗四卷。

## 过华阴①

云起太华山，云山互明灭。东峰始含景，了了见松雪②。羁人感幽栖，窅映转奇绝③。欣然忘所疲，永望吟不辍④。信宿百馀里，出关玩新月⑤。何意昨来心，遇物遂迁别⑥。人生屡如此，何以肆愉悦⑦。

①“华阴”，见崔颢《行经华阴》注①。

②“太华山”，即华山。“明灭”，谓时隐时现，忽明忽暗。“景”，日光。“了了”，清楚。

③“羁人”，羁旅之人。“幽栖”，幽静的居处。“窅（yǎo）映”，深远地反映。

④“永望”，长时间地眺望。“辍”，止。

⑤“信宿”，连宿两夜。“出关”，去潼关以东。

⑥这两句是说，哪里料到昨日想出关而到今天情况就变了。“何意”，哪里意想得到。“昨来心”，昨日想到的出关之事。“迁别”，迁到别处，指咏华山事。

⑦“肆”，不受拘束，放纵。

## 九日登高①

青山远近带皇州，霁景重阳上北楼②。雨歇亭皋仙菊润，霜飞天苑御梨秋③。茱萸插鬓花宜寿，翡翠横钗舞作愁④。谩说陶潜篱下醉，何曾得见此风流⑤。

①“九日”，指九月九日重阳节。古代有重阳登高饮酒习俗。

②“皇州”，帝王州，指长安。“霁景”，雨后之景。

③“亭皋”，水边平地。“天苑”，皇帝禁苑，在长安城北。

④唐人九日登高，有以茱萸插鬓之习。王维《九月九日忆山东兄弟》：“遥知兄弟登高处，遍插茱萸少一人。”“茱萸”，植物名。香气浓烈。古风俗，重阳节戴此以祛邪避灾。“花”，指菊。菊傲严霜，被誉为长寿花。“翡翠”句，言舞姿像睡妇初醒一样姿态可掬。翡翠钗，用美玉所作之首饰，以簪头发。

⑤“陶潜”，即晋代诗人陶渊明。“篱下醉”，陶潜嗜酒，曾醉花下。“此风流”，指插花者作舞事。风流，有才而不拘礼法的气派。

# 陶　翰

陶翰，润州（今江苏镇江）人，开元十八年（730）进士，官终礼部员外郎。其诗既多形象，复备风骨。沉健、真恻、高旷之味，兼而有之。《全唐诗》编其诗一卷。

## 经杀子谷①

扶苏秦帝子，举代称其贤②。百万犹在握③，可争天下权。
束身就一剑，壮志皆弃捐④。塞下有遗迹，千龄人共传⑤。
疏芜尽荒草，寂历空寒烟⑥。到此尽垂泪，非我独潸然⑦。

①“杀子谷”，即秦始皇长子公子扶苏被矫诏杀害之谷。谷在今陕北绥德城北。扶苏因劝阻秦始皇坑杀儒生，始皇怒，遂命之去上郡（即今陕北延安、榆林一带）监蒙恬军。始皇崩，赵高、李斯矫诏杀扶苏。

②“秦帝”，指秦始皇。“举代”，指秦及以后的各个朝代。举，全，皆。

③“百万”句，是说扶苏监蒙恬军，百万军队都在其掌握之中。

④“束身就一剑”，指饮剑自刎。就，归于。“弃捐”，抛弃，废弃不用。

⑤“塞下”，边塞险要的地方。这里指秦北部边疆上郡。“千龄”，千年。龄，泛指年数。

⑥这两句写杀子谷疏芜荒寂之状。“寂历”，空旷。

⑦“潸然”，流泪的样子。

## 刘长卿

刘长卿（709—786），字文房，河间（今属河北）人。开元二十一年（733）登进士第。曾任监察御史，知淮南、鄂岳转运使留后，遭诬被贬，量移睦州司马，终随州刺史，世称“刘随州”。刘长卿与杜甫年龄相仿，而创作主要在中唐的上元、宝应年间，诗调雅畅，研炼深稳，与“大历十才子”相类。他的诗多羁愁别恨和闲适情趣，各体皆备，尤擅五言，自诩为“五言长城”。然其诗缺乏雄浑苍劲之作，语意亦多雷同。难怪编其诗入《中兴间气集》的高仲武评之曰：“思锐才窄也。”《全唐诗》编其诗五卷。

### 温汤客舍①

冬狩温泉岁欲阑，宫城佳气晚宜看②。汤熏仗里千旗暖，雪照山边万井寒③。君门献赋谁相达，客舍无钱辄自安④。且喜礼闱秦镜在，还将妍丑付春官⑤。

①“温汤”，此处指骊山温泉宫，本篇写作者献赋事，分明有感慨寓于其中。

②“冬狩温泉”，指唐玄宗。玄宗自开元后期至天宝十四载（755），除过去东都的几次外，几乎每年冬天都要避寒华清宫。“狩”，冬猎，此处指玄宗幸临温泉宫。“岁欲阑”，该岁欲尽，即快到年底。阑，晚，残尽。“宫城”，指温泉宫及其外城（即罗城）。

③“汤”，温汤。“仗”，皇帝的仪仗。“山”，指骊山。“井”，相传古制

八家一井，后引申为乡里，人口聚居地。

④“君门”，皇帝之门，此处指华清宫。“献赋”，作赋进献，用以歌颂或讽谏。“谁相达”，谁能替自己转呈给皇帝。“无钱辄自安”，失意愤然语也。辄，总是，就。

⑤“礼闱”，指礼部或礼部试进士之所。“秦镜”，相传秦始皇有一面镜子，能照见人的五脏六腑，知道心的邪正。“妍”，美好。“春官”，古代常以春夏秋冬四季名设官。武则天光宅元年（684），曾改礼部为春官，旋复旧，而春官遂为礼部之别称。这两句写作者自视甚高，认为所献之赋，会得到礼部的赏识。

## 李　白

李白（701—762），字太白，祖籍陇西郡成纪（今甘肃秦安东）。隋末其先人流徙中亚碎叶（今吉尔吉斯斯坦北部托克马克），李白就出生于此。幼时随父迁居绵州昌隆（今四川江油）青莲乡。二十五岁时离蜀，长期在各地漫游。天宝初供奉翰林，受权贵谗毁，不到两年便离开长安。安史乱中，曾为永王李璘幕僚，因璘败牵累，长流夜郎。中途遇赦东还，晚年漂泊困苦，卒于当涂。诗风雄奇豪放，想象丰富，语言流转自然，音律和谐多变，善于从民歌、神话中汲取营养和素材，构成其诗特有的瑰玮绚烂之色彩，富有积极浪漫主义精神。李白是我国古代最伟大的浪漫主义诗人，被称为“诗仙”。存诗九百九十馀首。《全唐诗》编其诗二十五卷。

## 春日游罗敷潭[①]

行歌入谷口，路尽无人跻[②]。攀崖度绝壑，弄水寻回溪。云从石上起，客到花间迷。淹留未尽兴，日落群峰西[③]。

①“罗敷”，华山北侧地名，在今陕西华阴。罗敷潭在附近山中。

②“谷口”，山口。“跻”，登。

③ 此六句写游潭兴致之浓。“淹留”，长久停留。

## 忆秦娥[①]

箫声咽，秦娥梦断秦楼月[②]。秦楼月，年年柳色，灞陵伤别[③]。乐游原上清秋节，咸阳古道音尘绝[④]。音尘绝，西风残照，汉家陵阙[⑤]。

①“忆秦娥”，词牌名。唐宋词中，词牌下多无副题。此词所写的是悲秋，但不同于一般的身世之叹，而是以长安为背景，写历史的变迁，博大沉雄，与其另一首《菩萨蛮》（平林漠漠烟如织），被誉为“百代词曲之祖”。近人王国维对此词评价极高：“‘西风残照，汉家陵阙’，寥寥八字，遂关千古登临之口。”

②“咽”，呜咽，形容箫声悲凉。“秦娥”，即弄玉。《列仙传》云，春秋时期秦穆公将女儿弄玉嫁给善吹箫的箫史，箫史教弄玉吹箫作凤鸣，穆公又筑凤凰台供其居住，后二人相携乘凤飞升成仙。此处泛指秦地美女。

③“灞陵”，地名，本名霸陵，因汉文帝陵墓而得名，在长安城东。古人常在这里的灞桥边折柳送别。

④“乐游原”，在长安城东南角延兴门内侧，原为秦宜春苑，汉宣帝时在此修乐游庙，因以为名。“清秋节”，指九月九日，唐人于三月三日、九月九日有登乐游原之习。“尘”，指踪迹。

⑤“汉家陵阙”，指咸阳一带的汉朝五座帝陵。

## 侍从游宿温泉宫作[①]

羽林十二将，罗列应星文[②]。霜仗悬秋月，霓旌卷夜云[③]。严更千户肃，清乐九天闻[④]。日出瞻佳气，葱葱绕圣君[⑤]。

① 此诗是诗人侍从玄宗游宿温泉宫时所作。“温泉宫”，见李治《过温汤》注①。

②“羽林”，皇帝卫军的名称。“星文”，星象。

③“霜仗”，白色的兵器组成的仪仗，包括刀、戟等。霜，喻白色。“霓旌”，彩色的旗帜。霓，副虹。

④“严更”，夜中警戒的更鼓。“肃”，安静。“清乐”，即清商乐，我国古代起源于民间的歌曲，包括清商三调等，总称为清商乐，以别于雅乐、胡乐。隋改称清乐，唐因之。“九天”，比喻皇宫，言其深远。这句写玄宗赏乐。

⑤“葱葱”，茂盛貌。“圣君”，指玄宗。

## 韦应物

韦应物（737—约 792），京兆长安（今陕西西安）人。少以三卫郎事明皇，晚更折节读书。曾任县令及滁州、江州、苏州刺史，故称韦江州或韦苏州。其诗闲雅平淡，自成一家之体，人比之陶潜。有《韦苏州集》。《全唐诗》编其诗十卷。

### 晚归沣川①

凌雾朝阊阖，落日返清川②。簪组方暂解，临水一翛然③。
昆弟忻来集，童稚满眼前④。适意在无事，携手望秋田。
南岭横爽气，高林绕遥阡。野庐不锄理，翳翳起荒烟⑤。
名秩斯逾分⑥，廉退愧不全⑦。已想平门路，晨骑复言旋⑧。

① 大历十四年，韦应物因官场艰难，加之身多疾病，辞官归乡居于长安西郊沣上之善福寺。这首诗写了辞官归乡后的闲适心态。“沣川”，沣河一带，因系平野，故云。沣河，在长安西，源出秦岭，经长安西北流入渭。

②“阊阖（chāng hé）”，宫之正门，泛指宫门。“清川”，指沣川。

③“簪”，冠簪。“组”，冠带。簪组，指官服或显贵。“翛（xiāo）然”，自然超脱貌。

④“昆弟”，兄弟。“忻”，同“欣”。“童稚”，儿童。

⑤“野庐”，田间的小屋。“不锄理”，因秋乐将熟，田间不需管理。“翳翳（yì）”，晦暗不明貌，“荒烟”，指野烧之烟。

⑥“名秩”，列名的次序。“逾分”，超过了名分的界线。

⑦“廉退”，少退（指名秩）。廉，少。

⑧“平门”，汉时未央宫宫门，此处指唐宫门。“旋”，返回，归来。

## 晚出沣上赠崔都水[①]

临流一舒啸，望山意转延[②]。隔林分落景，馀霞明远川[③]。
首起趣东作，已看耘夏田[④]。一从民里居，岁月再徂迁[⑤]。
昧质得全性[⑥]，世名良自牵[⑦]。行忻携手归，聊复饮酒眠[⑧]。

①“崔都水”，即崔倬，系作者堂妹婿，官都水使者。

②“舒啸”，放声呼啸。“延”，引申，伸展。

③“落景”，夕阳西下时的景致。

④“趣（cù）东作”，催促去东田劳作。“趣”，同“促”。

⑤“徂（cú）迁”，迁移，变化。

⑥“昧质”，愚昧之质，自谦之辞。“全性”，保存本性。

⑦“世名”，名声。“良自牵”，确实由自己掌握。良，的确，确实。

⑧“行忻”，即行欣。

## 观沣水涨

夏雨万壑凑，沣涨暮浑浑[①]。草木盈川谷，澶漫一平吞[②]。
槎梗方弥泛，涛沫亦洪翻[③]。北来注泾渭[④]，所过无安源[⑤]。
云岭同昏黑，观望悸心魂[⑥]。舟人空敛棹，风波正自奔[⑦]。

①这两句说，夏雨使各条沟壑的水都汇聚在一起。凑，汇聚。“浑浑”，言河涨而水质浊浑。

②“澶（chán）漫”，宽阔貌。

③“槎梗”，指山水冲下来的树枝草木。槎，树杈、树枝。梗，有刺的草木。“弥泛”，指槎梗在游流中漂流。“洪翻”，大翻腾。

④“泾渭”，实指渭（属复义词偏指）。泾水从西北来，东南流，汇入渭，入渭处在长安城东北，故称。沣水入渭处在长安西。

⑤这句是说因沣水涨，使入沣的河与溪沿流受阻。“安源”，犹安流。

⑥“悸”，惊悸，因惊怖而心跳。

⑦“敛”，收起。“棹”，船桨。“风波”，指汹涌之沣水。

## 皇甫曾

皇甫曾，字孝常，天宝十二载（753）登进士第。坐事徙舒州（州治在今安徽怀宁）司马，阳翟令。诗名与其兄皇甫冉不相上下。《全唐诗》编其诗一卷。

### 晚至华阴①

腊尽促归心②，行人及华阴。云霞仙掌出，松柏古祠深③。
野渡冰生岸，寒川烧隔林。温泉看渐近，宫树晚沉沉④。

①“华阴”，见崔颢《行经华阴》注①。

②“腊”，岁末。

③“仙掌”，华山仙人掌峰的省称。“古祠”，指黄河之神巨灵祠。

④ 结二句言骊山温泉宫已在望中。“沉沉”，深沉貌。

## 杜　甫

杜甫（712—770），字子美，杜审言之孙。祖籍京兆杜陵（在今陕西省西安市长安区），生于巩县（今河南巩义），杜甫在困顿长安十年中，因所居之杜曲在杜陵原下、少陵原之东，故自称杜陵布衣、杜陵野老、少陵野老，世称杜少陵。举进士不第，玄宗时献三大礼赋，待制集贤院，又为宰相李林甫所抑。安禄山陷长安，玄宗奔蜀，他逃至肃宗行在凤翔，官左拾遗。长安收复后，因疏救房琯被贬为华州司功参军。关辅饥乱，遂弃官入蜀，依剑南节度使严武，在成都西郊筑草堂以居，严武荐其为检校工部员外郎，故又世称杜工部。严武死后，他携家出蜀，病死湘江途中。其诗显示了唐王朝由盛转衰的历史过程，反映了社会动乱和人民疾苦，宋人叶梦得评其诗穷笔极力，如太史公记传。其诗语言精练，风格沉郁顿挫，被称为“诗史”。以饥寒之身而怀济世之心，处穷迫之境而无厌世之想，杜甫是中国文学史上最伟大的现实主义诗人，对后世影响极大，被誉为“诗圣”。有《杜少陵集》。《全唐诗》编其诗十九卷。

## 渼陂行[①]

岑参兄弟皆好奇[②]，携我远来游渼陂。天地黤惨忽异色，波涛万顷堆琉璃[③]。琉璃汗漫泛舟入，事殊兴极忧思集。鼍作鲸吞不复知，恶风白浪何嗟及[④]。主人锦帆相为开，舟子喜甚无氛埃。凫鹥散乱棹讴发，丝管啁啾空翠来[⑤]。沉竿续缦深莫测，菱叶荷花净如拭。宛在中流渤澥清，下归无极终南黑[⑥]。半陂以南纯浸山，动影袅窕冲融间[⑦]。船舷暝戛云际寺，水面月出蓝田关[⑧]。此时骊龙亦吐珠，冯夷击鼓群龙趋。湘妃汉女出歌舞，金支翠旗光有无[⑨]。咫尺但愁雷雨至，苍茫不晓神灵意。少壮几时奈老何，向来哀乐何其多[⑩]！

①“渼陂（bēi）”，湖名，在鄠县（今西安市鄠邑区），受终南山之水，广数里，环抱山麓。本篇记游诗，写天气突变的水上景色之变化，有“云飞海涌，满眼迷离”之感，描写景物，极具浪漫色彩。

②“岑参”，唐代著名诗人，系杜甫诗友。

③这两句写天色忽变，风起水涌。“黤”，昏暗貌。“堆琉璃”，形容波涛之状。

④这四句写当时兴奋又紧张的游陂之状。“汗漫”，水势浩瀚貌。“事殊兴极”，游湖特殊而兴致极高。“鼍（tuó）”，一名鼍龙，俗名猪婆龙，或称扬子鳄。“作”，所为。“何嗟及”，语出《诗经·王风·中谷有蓷》：“啜其泣矣，何嗟及矣。”据胡承珙考证，这句是后人传写误倒，应作“嗟何及”，意为叹悔不及。

⑤ 这四句写此时游陂之状。锦帆开张，气清无埃，棹歌发而鸟惊飞，丝管动而空翠来。“舟子”，船夫。“凫”，野鸭。“鹥（yī）”，水鸥。“棹讴”，棹歌，船夫摇楫时的歌唱。“啁啾（zhōu jiū）”，细碎的声音，此处指乐声。“空翠”，山色浓翠。

⑥ 这四句写舟从水边菱荷杂生处行至渼陂中央，见终南山峰倒映。“缦”，丝弦。“沉竿续缦”，用竿和缦以试水深浅。“拭”，擦。“渤澥（xiè）”，即渤海，此处指渼陂。“无极”，没有底。“终南黑”，因天地黯惨，故终南山在水中现黑色倒影。

⑦“袅窕”，动摇不定貌。“冲”，指船行。“融”，指水流通。“冲融”，船行而荡起的浪波。这两句是说半陂以南，湖底全是山影，山影随着浪波而动摇不定。

⑧“暝”，天黑。“戛（jiá）”，刮。这里指船和橹摩擦的声音。“云际寺”，指云际山大定寺。“蓝田关”，即峣关。寺和关皆位于蓝田，在渼陂东南六七十里处。此两句写船从渼陂中央移至东南岸，已经天黑。

⑨“骊龙”，黑龙，传说其颔下有珠。“冯夷”，传说中的河神名。“湘妃”，虞舜的二妃娥皇、女英，传说二妃死于湘水，成为湘水之神。“汉女”，传说中汉水的神女。“金支”，金枝。“翠旗”，用翠羽装饰之旗。“金支翠旗”，《汉书·乐志·安世房中歌》：“金支秀华，庶旄翠旌。”注云：“有流翅羽葆，以黄金为支”，“其首敷教，若草木之秀华也。”此四句写月下见闻之状，灯火映入水中，如骊龙之吐珠；音乐传至船上，如冯夷之击鼓；群舟移棹，如群龙之争趋；美人在舟，依稀湘妃与汉女；其服饰鲜丽，仿佛金支与翠旗。

⑩ 末四句又畏风云难测，雷雨将至，触景生情，生发哀乐无常之感。汉武帝《秋风辞》：“欢乐极兮哀情多，少壮几时奈老何。”

## 沙苑行[①]

君不见左辅白沙如白水，缭以周墙百馀里[②]。龙媒昔是渥洼生[③]，汗血今称献于此[④]。苑中騋牝三千匹[⑤]，丰草青青寒不死。食之豪健西域无，每岁攻驹冠边鄙[⑥]。王有虎臣司苑门，入门天厩皆云屯[⑦]。骕骦一骨独当御，春秋二时归至尊[⑧]。至尊内外马盈亿，伏枥在坰空大存[⑨]。逸群绝足信殊杰，倜傥权奇难具论[⑩]。累累塠阜藏奔突，往往坡陀纵超越[⑪]。角壮翻同麋鹿游，浮深簸荡鼋鼍窟[⑫]。泉出巨鱼长比人，丹砂作尾黄金鳞。岂知异物同精气，虽未成龙亦有神[⑬]。

① 题下原注："沙苑在冯（píng）翊县南，东西八十里，南北三十里，其地宜畜牧，唐置沙苑监，掌牛马诸牧。"唐同州冯翊县，在今陕西大荔县境。东倚黄河，南临洛、渭，西魏大统三年（537），因其地宜牧六畜，而置沙苑。"苑"，古代养马的园地。唐有四十八监以牧马，设苑总监。天宝十三载，以安禄山知总事，杜甫作此诗以讽之。

②"左辅"，《汉书》：京兆尹、左冯翊、右扶风，谓之三辅。同州在汉代属冯翊，故曰左辅。"白沙"，即指沙苑所在地。"缭"，缠绕。"周墙"，围圈养马之墙。

③"龙媒"，指骏马。《汉书·礼乐志》："天马徕，龙之媒。"言天马乃神龙之类，天马来为致龙之兆，因谓骏马曰龙媒。"渥洼生"，《汉书·武帝纪》："元鼎四年秋，马生渥洼水中，作宝鼎天马之歌。"

④"汗血"，指汗血马，一种骏马。应劭曰：因其马汗从前肩髆出，如血，故名。号一日千里。

⑤“駷”，高大的马，马七尺以上曰駷。“牝（pìn）”，雌马。

⑥“食（sì）”，此处指喂养。“攻驹”，即下驹。“西域”，西域之称始于汉，指玉门关以西、巴尔喀什湖以东及以南的广大地区。“冠边鄙”，言此地所产良马数量为四十八监之最。

⑦“虎臣”，指安禄山。“司苑门”，总摄牧马之事。“天厩”，天子之马厩，代指御马。“云屯”，极言御马之多。

⑧“骕骦（sù shuāng）”句，言虎臣所掌之骕骦马，骨相堪充御用，故每年春秋两次进之。“骕骦”，古书上说的一种良马。“至尊”，指皇帝。“归”，一作“朝”。

⑨“伏枥”，关在马房中。“坰（jiōng）”，郊野。“空大存”，言枥中和坰外群马其数空存，皆不如骕骦之神骏。

⑩“逸群绝足”，指骕骦马是顶尖好马。逸群，超群。绝足，奔驰最快。“倜傥”，卓异也。“权奇”，高超，非常。

⑪“累累”，接连成串。“塠（duī）阜”，苑中低埠，此中可藏骕骦之奔突。塠，落。“坡陀”，苑中沙汀，此中可纵马飞驰。

⑫以下四句是以麋鹿巨鱼比马，与上文“龙媒”相应。“角壮”，角逐壮猛，“翻同麋鹿游”，反而能与麋鹿同游。“麋鹿”，兽名，俗称四不像，奔跑速度极快。“同”，一作“腾”。“浮深”，浮深渊。“簸荡”，颠簸荡漾。“鼋鼍（yuán tuó）”，鼋，大鳖；鼍，扬子鳄。“窟”，此处指泉。

⑬“泉”，即“渊”。唐人因避高祖李渊之名讳，改“渊”为“泉”。《杜臆》：“泉出巨鱼，感龙精气，亦成神物，而马之簸荡其中者可知已。”赵次公曰：龙或鱼所化，或马所为，故异物而同精气。卢元昌曰，自禄山知总监事，选健马堪战者，驱归范阳，得以助其叛势，故篇末巨鱼正指禄山，是时尾大已见，巨鱼虽不成龙，而砂尾金鳞，似有神采，患猪龙之僭拟真龙也。亦讲得通。

## 悲陈陶①

孟冬十郡良家子，血作陈陶泽中水②。野旷天清无战声，四万义军同日死③。群胡归来血洗箭，仍唱胡歌饮都市④。都人回面向北啼，日夜更望官军至⑤。

① 本篇和下篇的《悲青坂》，皆为至德元载（756）冬所作，时杜甫陷于长安叛军中。诗中记载了官军与安史叛军在陈陶斜作战中的惨败，体现了杜甫强烈的爱国主义精神。《旧唐书·房琯传》云：至德元载十月，琯自请将兵，收复京都，肃宗许之。琯分为三军："遣杨希文将南军，自宜寿入；刘悊将中军，自武功入；李光进将北军，自奉先入，琯自将中军为前锋。辛丑（二十一日），二军（中军、北军）先遇贼于咸阳之陈陶斜，接战，官军败绩。""陈陶斜"，一作陈涛斜，又名陈陶泽，在咸阳东，长安附近。

② 这两句写四万义军覆亡之哀痛。"孟冬"，即十月。孟，初，始。"十郡"，概指今陕西地区。"良家子"，清白平民的好子弟，即义军。

③ 这两句写义军覆亡之惨烈。房琯有平叛之志，惜少军事才能，战而败。《房琯传》："琯用春秋车战之法，以车二千乘，马（骑兵）步夹之。既战，贼顺风扬尘鼓噪，牛皆震骇，因缚刍纵火烧之，人畜挠败（溃乱），为（安史叛军）所伤杀者四万馀人。""野旷天清"，战后陈陶之象。"无战声"，义军为国战死而后已。"同日死"，故有野旷天清之感，故知"无战声"之由。

④ 这两句写安史叛军战后之骄横。"群胡"，指安史叛军，因安禄山和史思明均属于"胡人"，所部胡人甚多，故有此称。"血洗箭"，箭经血

洗。意即箭上带着血，指从战死者身上收回之箭。

⑤ 这两句写长安人民对消灭安史叛军的企盼。“都人”，京都长安的人民。“向北啼”，语含二义，陈陶在长安之北，故啼之；其时肃宗已从灵武进驻彭原（今甘肃宁县），地在长安西北，更啼之。所啼者，切望官军至而平叛也。《资治通鉴》中说，其时长安“民间相传太子（即肃宗）北收兵来取长安，长安民日夜望之。……贼望见北方尘起，辄惊欲走”。

## 悲青坂[①]

我军青坂在东门，天寒饮马太白窟[②]。黄头奚儿日向西，数骑弯弓敢驰突[③]。山雪河冰野萧瑟，青是烽烟白人骨[④]。焉得附书与我军，忍待明年莫仓卒[⑤]。

① 至德元载（756）十月辛丑（二十一日），官军陈陶既败，其中军、北军，存者只有数千人。时隔一日，至癸卯（二十三日），房琯又率南军与叛军再战，复败。（见《旧唐书·房琯传》）“青坂”，地点大概在离陈陶斜不远的塬上。

② 青坂东门是官军驻地。“太白”，此处可有两解。一解，山名，在武功县南，东距长安二百里。房琯所将的刘悊军队，自武功入，故云饮马太白窟。二解，泛指青坂附近的塬地，寒天寒地寒冰，见严酷之现状。

③“黄头奚儿”，奚儿，犹胡儿。指胡人中的黄头室韦部。《新唐书》卷二百十九：“室韦，契丹别种。”“分部凡十二馀：曰岭西部，山北部，

黄头部，强部也。”“奚”，亦东胡种。《安禄山事迹》：“禄山反，发同罗、奚、契丹、室韦、曳落河（胡言壮士）之众，号父子军。“日向西”，指叛军入潼关陷长安后又不断向西进犯。“数骑”句，写叛军之猖狂。

④“山雪”句，言严冬肃杀之状。“青是”句，言官军惨败之状。“白人骨”，即白色的是人骨。“烽”，一作“人”。

⑤“附书”，杜甫此时陷长安叛军中，不得脱身，难找到捎书给官军的人，故曰“焉得”。“忍待”句，言坚忍备战，以待来年剿灭叛军，而不要仓促应战，去打无准备之仗。“忍”，坚忍。“仓卒”，犹仓促。《旧唐书·房琯传》中有云：“及与贼对垒，琯欲持重以伺之，为中使（宦官）邢延恩等督战，苍黄失据，遂及于败。”故希望我军（官军）忍耐，以待明年时机成熟时再战。

## 对雪①

战哭多新鬼，愁吟独老翁②。乱云低薄暮，急雪舞回风③。瓢弃樽无绿，炉存火似红④。数州消息断，愁坐正书空⑤。

① 本篇亦是杜甫为房琯陈陶兵败而作。

②“战哭”句，写陈陶之败，“愁吟”句，写作者之心绪。“老翁”，作者自指，见忧伤。“独”字感慨遂深，因当时在长安的唐朝官员皆向安禄山称降，谁去忧心国事？其时作者四十五岁，年本不老，而自称老翁，以身受忧伤重也。其《春望》诗中“白头搔更短”之句可参读。这两句写对雪之景，亦寓时危之象。

③ 这两句写生计之窘迫。“樽”，酒杯。“无绿”，无酒。新酒色绿，故以绿代酒。

④“火似红”，指炉火熄灭之前的颜色。火本红色，似红者，火冷也。

⑤ 这两句以慨叹作总结。“数州”句，包括妻子弟妹的消息和国家大事。“书空”，表示惊诧或感叹。《世说新语·黜免》：“殷浩坐废，终日书空，作‘咄咄怪事’四字。”

仇兆鳌对此诗解得切，特附于此：“乱云急雪，对雪之景；樽空火冷，对雪之说。前曰愁吟，伤官军之新败；末云愁坐，伤贼势之方张。”

## 塞芦子[①]

五城何迢迢，迢迢隔河水。边兵尽东征，城内空荆杞[②]。
思明割怀卫，秀岩西未已[③]。回略大荒来，崤函盖虚尔[④]。
延州秦北户，关防犹可倚。焉得一万人，疾驱塞芦子[⑤]？
岐有薛大夫，旁制山贼起。近闻昆戎徒，为退三百里[⑥]。
芦关扼两寇，深意实在此。谁能叫帝阍，胡行速如鬼[⑦]！

① 本篇作于至德二载（757）春，杜甫时陷长安叛军中。“芦子”，关名，在唐时延州延昌县（在今延安市安塞区境）西北。“塞”，屯兵以塞此关也。塞断芦子关，以阻敌西进，诗乃为筹边而作。

②“五城”，指定远、丰安及三个受降城（即朔州、灵州、胜州）。“迢迢”，形容路途遥远。“隔河水”，因五城均在黄河以北，故云。“边兵”，指守五城之兵。“尽东征”，言其讨安史叛军，而撤兵东征。“荆杞”，荆与杞皆属灌木，指荒芜景象。

③这两句写时事之危急。“思明”，即史思明，安史之乱元凶之一，突厥人。“怀卫”，即怀州和卫州，俱属河北道。钱谦益说：“至德二载，思明自博陵寇太原，舍河北而西，故曰割怀卫。”“秀岩”，即高秀岩，本哥舒翰部将，降安禄山，此时自大同与史思明合兵，故曰“西未已”。二贼欲取太原，将长驱朔方与河陇地区。

④“回略”，重新掳掠。“大荒”，指河北、河西一带，因此地荒凉，故云。“崤函”，崤山和函谷关。地在潼关东，地势极为险要。此处特指中原。“盖虚尔”，言叛军从芦子关来，则崤函地不足以凭恃。

⑤这四句写延州要地，亟宜防守。“延州”，州治在今陕西延安市宝塔区。“秦北户”，秦地之北大门。“关防”，即芦子关。“倚”，倚仗。“疾驱”，疾速驰驱。“塞”，堵塞。

⑥这四句写幸有薛景仙为犄角，得遏叛军之狂势。“薛大夫”，即薛景仙，时为扶风太守。“岐”，扶风郡即古时岐地，故云。“山贼”，指吐蕃军。《通鉴》卷二一九：“至德元载七月，以陈仓令薛景仙为扶风太守，兼防御使，贼遣兵寇扶风，景仙击却之。”“京畿豪杰，往往杀贼，官吏遥应官军，贼兵所及者，南不出武关，北不过云阳，西不过武功。”“昆（hún）戎”，匈奴昆邪（浑邪）部落，即吐蕃。

⑦这四句写芦子关地位险要，要占据，逐寇兵贵神速。“芦关”，芦子关。“两寇”，指史思明和高秀岩。“深意”句，言芦子关阻击叛军，不使之迂回南下，而威胁凤翔的肃宗行在。“谁能”两句，是说谁能提醒朝廷，叛军行动快速如鬼，反制之筹策，千万不能延迟。“帝阍（hūn）”，宫门。

## 喜达行在所三首[①]

西忆岐阳信，无人遂却回[②]。眼穿当落日，心死著寒灰[③]。
雾树行相引，连山望忽开[④]。所亲惊老瘦，辛苦贼中来[⑤]。

①诗题下原注："自京窜至凤翔。"《旧唐书》：至德二载（757）二月，肃宗自彭原（地在今甘肃宁县）幸凤翔，时改扶风为凤翔郡。该年夏四月，杜甫由安史叛军占据的长安逃至凤翔（治所在今陕西凤翔），五月十六日，肃宗拜为左拾遗。此三首诗便是在凤翔所作。"行在所"，帝王所在的地方。亦指帝王所至之地。

②这两句写逃归之由。"岐阳"，即凤翔。凤翔因在岐山之南，故称岐阳，又因凤翔位于长安之西，故曰"西忆"。"信"，信使或信息。"无人"句，写因无人传来消息，自己决定逃回凤翔。"遂"，成功。"却回"，返回。

③"眼穿"句，写逃窜时心情之急切。"眼穿"，望眼欲穿。"当落日"，当着西边的落日，因凤翔在西，故云。此承"西忆"。"心死"句，有两解，皆可通。一曰未见信使探听消息而返，诗人心都凉了。此承"无人"。一曰逃窜路途危险，生死难卜，已心如死灰，难抱任何希望。"著"，置也。

④这两句写间道逃窜之状。"雾树"，远方迷蒙之树。"相引"，言人与树渐近，似为树之所引。此见逃窜之迹。"连山"，山指武功山和太白山。山距凤翔不远。忽开者，近凤翔也。"忽"字传神，将喜出望外之情写到了极致。

⑤这两句写初到凤翔后亲友的慰问。"老瘦"，指杜甫。亲友见杜甫，觉

得他老了瘦了许多。“贼”，指安史叛军。

愁思胡笳夕，凄凉汉苑春①。生还今日事，间道暂时人②。司隶章初睹，南阳气已新③。喜心翻倒极，呜咽泪沾巾④。

① 这两句是对身陷长安苦况的追忆。胡笳动而胡骑猖獗，因愁思；长安陷落而汉苑荒寂，故凄凉。“汉苑”，此处以汉比唐，指唐禁苑。

② 这两句写履危蹈险归命朝廷之情。今日生还，意外也；小道逃窜，侥幸也。“间道”，小路。“暂时人”，谓生死悬于顷刻之人。作者自指。

③ 这两句写凤翔（肃宗朝廷）的中兴气象。用汉光武帝中兴典故，以喻肃宗。《后汉书·光武帝纪》：“更始（更始帝刘玄）将北都洛阳，以光武（刘秀）行司隶校尉，使前整修官府，于是置僚属，作文移，从事司察，一如旧章。……三辅吏士及见司隶僚属，皆欢喜不自胜。老吏或垂涕曰：‘不图今日复见汉官威仪。’”又：“后望气者苏伯阿为王莽使，至南阳，遥望见春陵（今湖北枣阳）郭，唶（jiè，赞叹）曰：‘气佳哉，郁郁葱葱然。’”“南阳”，光武帝刘秀的故乡，此处以南阳代指凤翔。

④ 这两句写到达凤翔喜极之情。见皇帝新立，心喜也；见中兴局面，喜极也；喜极而泣，更见喜上加喜外添喜也。“翻倒极”，指颠倒到极致，此处指当歌而哭，当喜而悲。

死去凭谁报，归来始自怜①。犹瞻太白雪，喜遇武功天②。影静千官里，心苏七校前③。今朝汉社稷，新数中兴年④。

① 这两句写逃窜脱险后之万幸。“凭谁报”，即无人去报信。诗人间道逃窜凤翔，叹其名位之卑微，故有此语。

② 这两句写逃窜途中之感奋。“太白”“武功”，皆山名。距凤翔不远。《三秦记》：“太白山在武功县南（今陕西周至、眉县南），去长安三百里。”山顶终年积雪。“太白积雪六月天”为关中八景之一。武功山在太白山之北。“武功天”，瞻雪遇天，幸依肃宗行在，正所谓重见天日。

③ 这两句言授官后的心情。杜甫五月任左拾遗后，身列整肃之朝班，遂有此感。“影静”“心苏”，见其脱一身于万死之后，心静神爽也；“千官”“七校”，文武群臣与武卫也。“苏”，苏醒，苏活。七校，指武卫。汉武帝曾置七校卫。

④ 这两句言对中兴的企盼。“汉”，此处代“唐”。“数（shǔ）”，计数。“中兴”，由衰微而复兴。

## 彭衙行[1]

忆昔避贼初，北走经险艰。夜深彭衙道，月照白水山[2]。
尽室久徒步，逢人多厚颜[3]。参差谷鸟吟，不见游子还[4]。
痴女饥咬我，啼畏虎狼闻。怀中掩其口，反侧声愈嗔[5]。
小儿强解事，故索苦李餐[6]。一旬半雷雨，泥泞相牵攀。
既无御雨备，径滑衣又寒[7]。有时经契阔，竟日数里间[8]。
野果充糇粮，卑枝成屋椽[9]。早行石上水，暮宿天边烟[10]。
少留周家洼，欲出芦子关[11]。故人有孙宰，高义薄曾云[12]。
延客已曛黑，张灯启重门。暖汤濯我足，剪纸招我魂[13]。

从此出妻孥，相视涕阑干。众雏烂熳睡，唤起沾盘餐[14]。
誓将与夫子，永结为弟昆[15]。遂空所坐堂，安居奉我欢[16]。
谁肯艰难际，豁达露心肝[17]。别来岁月周，胡羯仍构患[18]。
何当有翅翎，飞去堕尔前[19]。

① 本篇作于至德二载（757），追忆上年避安史之乱而逃难之事。是由凤翔回鄜州羌村探家时所作，称颂孙宰的高义。而这次回羌村，途经彭衙之西，不能枉道相访，故作诗以纪感。“彭衙”，邑名，地在奉先邻县白水县东北六十里处。今名彭衙堡。

②“忆昔”，本篇以“忆昔”领起，而追叙彭衙之事，只有最后四句方是作此诗时的话。至德元载六月，杜甫携家自白水逃难鄜州，故曰“忆昔”。“贼”，指安史叛军。叛军进入关中后，杜甫携家北走避贼。“白水山”，白水县境内的山。

③“尽室”，全家。“多厚颜”，见人很不好意思。

④ 这两句写空谷鸟鸣、路径无人的荒凉景象。

⑤ 这四句写痴女颠连之苦。“饥咬我”，言小女儿不解人事，饥而盲目地啃咬。“掩其口”，畏虎狼循声而来也；“反侧”，挣扎。“声愈嗔”，谓哭声更加厉害。

⑥ 这两句写小儿饥餐苦李。“强解事”，勉强懂事。“索”，索取。“苦李”，味苦的李子，他岂知苦李是不能吃的。

⑦“御雨备”，御雨之物，指雨伞等。“衣又寒”，衣服被雨淋湿透，故觉其寒。

⑧“经契阔”，历经危险之地。契阔，要约，死生相约，此处指极度之危险。“竟日”，一整天。

⑨“糇（hóu）粮”，干粮。“卑枝”，细小的枝条。“屋椽”，屋檩上架着屋面板和瓦的椽子。此处指所搭建的住宿之茅棚。

⑩“石上水”，因“一旬半雷雨”，故行石上水。“天边烟”，逃难之人，因暮宿在远处的烟野之外，故曰天边烟。

⑪“周家洼”，系孙宰家居之村名。“小留”，短时间停留。“芦子关”，在延州西北（即今陕西延安安塞区西北），时杜甫欲北诣灵武行在，故曰欲出芦子关。

⑫“孙宰”，人名。一说宰是唐人对县令的尊称，此人系鄜州三川县的县令（黄希语）。故遇孙宰之后，寄养妻子于鄜州三川县之羌村。“薄”，迫近。“曾云”，层云。重叠的云层。曾，通“层”。

⑬“延客”，招待客人。延，邀请，此处指招待。“曛黑”，天色已黑。曛，昏黑，暮。“启”，开启。“剪纸”句，剪纸作旐（zhào，小旗子），以招其魂。蔡梦弼曰：“不必果有此事，只是多方安慰耳。”

⑭“出妻孥（nú）”，使妻子出见杜甫一家人。“阑干”，横斜貌，形容涕泪之多。“众雏”，指其小儿痴女。“烂漫睡”，熟睡貌。

⑮这两句是代述孙宰语，即所谓露心肝于艰难之际也。“夫子”，指孙宰对杜甫的尊称。“弟昆”，兄弟。

⑯这两句，言孙宰空出堂屋请杜甫安居。“奉我欢”，照料使我欢心。

⑰这两句深感孙宰之高义。“艰难际”，言杜甫避贼逃难也；“露心肝”，言孙宰延客奉欢也。

⑱“岁月周”，岁月周而复始，即满一年。“胡羯”，指安史叛军。“仍构患”，谓史思明、安庆绪仍在造逆。

⑲这两句写恨不得身生羽翅，飞到孙宰身边，以见思念之切。“何当”，哪得。

# 羌村[1]

峥嵘赤云西，日脚下平地[2]。柴门鸟雀噪，归客千里至[3]。妻孥怪我在，惊定还拭泪[4]。世乱遭飘荡，生还偶然遂[5]！邻人满墙头，感叹亦歔欷[6]。夜阑更秉烛，相对如梦寐[7]。

① 此诗作于至德二载（757）闰八月杜甫鄜州省家之时。此前，因其在左拾遗任上疏救房琯，触怒肃宗，被放还探家，遂有此作。“羌村”，属鄜州三川县，地在今陕西洛川县西。当时为避祸乱，杜甫将家小安于此地。

②“峥嵘”，山高峻貌。这里形容重叠的云峰。“赤云西”，赤云之西，此处指夕阳。“日脚”，指太阳从云缝照射下来的光柱，犹如太阳之“脚”。“下平地”，指太阳西落。

③“鸟鹊噪”，黄昏时景也。日暮而鸟鹊叫。“归客”，杜甫自指。“千里”，指凤翔到鄜州的距离。“归客”，一作“客子”。

④“妻孥”，本指妻和子女，这里指妻子，因儿女尚幼，原不知成人的思想感情。“怪我在”，世经丧乱，兵戈满天地，而杜甫竟能生还，妻子猝然相对而骇怪也，有疑人疑鬼之意。“惊定”句，极言战乱之际夫妻重逢，方知是真而非在梦中之真挚感情也。

⑤ 这两句言无限感慨，世乱而陷贼，自贼中而窜逃凤翔，疏救房琯而诏三司推问，自凤翔回鄜州路遇艰险，几死者数矣。能够生还，岂非偶然。“遂”，成功，此处指如愿以偿。

⑥ 古时农家左邻右舍，界墙低矮，故邻人们能凭墙相望。其诗“墙头过

浊醪，展席俯长流”（《夏日李公见访》）句可证。“歔欷（xū xī）”，哀叹、悲泣的声音。

⑦“夜阑”，夜深。“更”，去声，还。“秉烛”，点燃蜡烛。夜深当睡而未睡，反而再燃蜡烛，面面相对，犹恐是梦中。

这首诗写杜甫初见家人悲喜交集之情景。

晚岁迫偷生，还家少欢趣①。娇儿不离膝：畏我复却去②。忆昔好追凉，故绕池边树③。萧萧北风劲，抚事煎百虑④。赖知禾黍收，已觉糟床注⑤。如今足斟酌，且用慰迟暮⑥。

①“晚岁”，晚年。这年杜甫四十六岁。“迫偷生”，指此次是诏许回家，自视为偷生而苟活。又以战乱所逼迫而苟且偷生。故虽久别还家，而欢趣亦少。

②“畏我”句，孩子害怕我又离开他们而去。“却”，此处作“即”字解。

③“忆昔”，指上年夏季。至德元载六月杜甫携家自白水逃难鄜州。“追凉”，追逐凉爽之处，犹纳凉。

④“萧萧”句，写杜甫探亲，在闰八月，鄜州早寒，故有此景象。萧萧，形容风声，亦兼写落叶。“抚事”句，抚念己事家事国事，己事则难以致君尧舜上，家事则满目悲凉而百事皆哀，国事则安史动乱而祸及天下，故而忧心如焚。

⑤“赖知”，幸知。“糟床”，制酒所用的榨床（工具）。“注”，流注，指初酿之酒。

⑥“足斟酌”，有够喝的酒。“慰迟暮”，宽慰迟暮之年。迟暮，即“晚岁”。

这首诗写还家后抚事忧虑之情怀。

群鸡正乱叫，客至鸡斗争。驱鸡上树木，始闻叩柴荆[①]。
父老四五人，问我久远行。手中各有携，倾榼浊复清[②]。
苦辞酒味薄，黍地无人耕。兵戈既未息，儿童尽东征[③]。
请为父老歌：艰难愧深情[④]！歌罢仰天叹，四座泪纵横[⑤]。

①“客”，指邻居。“鸡斗争”，鸡之相斗。“驱鸡”句，是说将鸡赶到其栖息的树上（这是古代黄河流域的养鸡之法）。“柴荆”，用荆条树枝编成的门。此喻居处简陋。

②“问”，存问，慰问。“榼（kē）”，酒器。“浊复清”，指浊酒和清酒。

③这四句是代述父老的话。“苦辞”，再三地说，含有抱歉之意。“酒味薄”，指酒质较劣。“儿童”句，指年轻男子都去东征讨安史叛军去了。“儿童”，年老人对年轻人的称呼。“苦辞”，一作“莫辞”。“儿童”，一作“儿郎”。

④“艰难”句，是杜甫所致的答辞。“艰难”，言父老生活困苦。“愧深情”，对父老的深情受之有愧。

⑤“仰天叹”，叹的正是“世乱遭飘荡”，叹的正是“抚事煎百虑”，叹的正是“艰难愧深情”。

这首诗写对邻人携酒慰问的感激与慨叹。

## 重经昭陵[1]

草昧英雄起，讴歌历数归[2]。风尘三尺剑，社稷一戎衣[3]。
翼亮贞文德，丕承戢武威[4]。圣图天广大，宗祀日光辉[5]。
陵寝盘空曲，熊罴守翠微[6]。再窥松柏路，还见五云飞[7]。

①“昭陵”，唐太宗李世民的陵寝，在醴泉（今作礼泉，属陕西）县九嵕(zōng）山西北。重经昭陵，时杜甫诏许鄜州视家，道里所经之地，曾作《行次昭陵》。重经昭陵，此必鄜州羌村省家之后，复至长安再经昭陵时作（该年十月，肃宗已从凤翔回到长安）。

②这两句写唐太宗应运而兴。“草昧”，草而不齐，昧而不明，此言隋末之乱。“英雄起”，指李世民策动其父李渊太原起兵，推翻了隋的统治。“历数”，指朝代更替的次序。古人认为它是“天道”。《尚书》“疏”云：“历数谓天历运之数，帝王易姓而兴，故言历数谓天道。”这里指以唐易隋。

③这两句写唐太宗之创大唐基业。“风尘”，喻战乱。“三尺剑”，指李世民起兵反隋定天下事。“社稷”，国家的代称。“戎衣”，军服，此处代指穿军服的人，即李世民。

④这两句写唐太宗偃武修文的治国方略。“翼亮”，辅佐光大。此指辅佐其父李渊建唐。“贞”，坚贞。“丕承”，奉承，即接受。丕，奉。“戢(jí)”，止息。史载其施行“偃武修文，中国既安，四夷自服”之方略，方有了“贞观之治”。

⑤这两句写唐太宗“贞观之治”。“圣图”句，言创业之弘，广大资乎天地。“宗祀”句，言垂统之远，文德武威之馀荫也。宗祀，祭祀祖宗。

⑥ 这两句写昭陵之雄伟。“陵寝”，陵，山陵，指太宗昭陵。“寝”，寝庙。“空曲”，因昭陵在九嵕山上，通过盘曲的栈道，方能到达。故云。《唐会要》：“昭陵因九嵕层峰，凿山南面，深七十五丈，为玄宫，傍岩架梁为栈道，悬绝百仞，绕回二百三十步，始达玄宫门，顶上亦起游殿。”“熊罴（pí）”，熊与罴，皆为猛兽，比喻勇士。这里指守护昭陵的武士。“翠微”，轻淡青葱的山色。

⑦ 这两句写昭陵之佳气。“窥”，小视。因是重经，故曰再窥。“五云”，五彩云。五云飞，即佳气无时无之意。

## 题郑县亭子[①]

郑县亭子涧之滨，户牖凭高发兴新[②]。云断岳莲临大路，天晴宫柳暗长春[③]。巢边野雀群欺燕，花底山蜂远趁人[④]。更欲题诗满青竹，晚来幽独恐伤神[⑤]。

① 此诗是杜甫乾元元年（758）赴华州时作。“郑县”，县名，在华州近郭（地属今陕西渭南市华州区）。县有西溪。西溪亭，即郑县亭子。

②“涧”，指西溪。“户牖（yǒu）”，门和窗户。“户”，门。“牖”，窗户。“发兴新”，生发了新的兴致。

③“岳莲”，指华山。华岳诸峰状如莲花，故云。“宫”，其北不远处的朝邑县（今属陕西大荔县）有长春宫。“晴”，一作“清”。

④ 雀欺蜂趁，喻众谤交侵，即一身孤立，受人欺侮。“趁”，追逐。

⑤ 安史之乱时作，末句自感幽独，临去伤神。

# 潼关吏[1]

士卒何草草[2]，筑城潼关道。大城铁不如，小城万丈馀。
借问潼关吏，修关还备胡[3]。要我下马行[4]，为我指山隅。
连云列战格，飞鸟不能逾[5]。胡来但自守，岂复忧西都[6]。
丈人视要处[7]，窄狭容单车。艰难奋长戟，万古用一夫[8]。
哀哉桃林战，百万化为鱼。请嘱防关将，慎勿学哥舒[9]。

①“潼关”，在潼关县（今属陕西），古为桃林塞，是洛阳通往长安的咽喉。安史乱作，乾元二年（759）春，官军在相州败后，洛阳危急，唐廷遂在潼关加强了防守。本篇意在警告守关者切勿轻率而战。

②“草草”，劳苦貌。

③“还备胡”，修关以防备安史叛军，因潼关曾在三年前（即756年）之六月，被安禄山攻破，而后陷长安。写此诗时，“虽收两京，贼犹充斥”，故曰“还”。因安史属“胡人”，故“胡”指安史叛军。

④“要”，同“邀”。

⑤这句以下至篇尾，皆是关吏的答语。“连云”，言战栅多如云屯，连鸟都无法飞越。“战格”，战栅，御敌之物。“逾”，飞跃。

⑥“但自守”，只需自守。“西都”，指西京长安。

⑦“丈人”，关吏对杜甫的尊称。丈人，通称老人，时杜甫已四十八岁，又做过左拾遗，故有是称。“要处”，要害的地方。

⑧极言潼关之险，战事紧急时，自古以来用一人把守就够了，意即“一夫当关，万夫莫开”。

⑨“哥舒”，即哥舒翰。天宝十五载，即至德元载（756），哥舒翰以二十

万大军守潼关，因杨国忠促战，遂败于桃林，潼关失守。“化为鱼”，指唐军坠黄河死者数万人。最末两句是潼关吏对杜甫说，请嘱咐潼关的守将，要吸取哥舒翰惨败的教训，凭险坚守，切勿轻动。有人以为此两句系杜甫对关吏语，恐不确，因一“嘱”字，绝非位卑之关吏对守将所用之辞。又，吏者，乃筑城之人，至于守关，自有大将，故“请嘱”二字，当出关吏之口，若以杜甫对关吏言，恐当是“为报”方合关吏之身份。

## 九日蓝田崔氏庄①

老去悲秋强自宽②，兴来今日尽君欢。羞将短发还吹帽，笑倩旁人为正冠③。蓝水远从千涧落，玉山高并两峰寒④。明年此会知谁健？醉把茱萸仔细看⑤。

① 肃宗乾元元年（758），时任华州司功参军的杜甫，于重阳日赴蓝田崔氏山庄而作此诗。“崔氏”，指王维的内弟（母亲崔夫人之侄）崔兴宗。崔兴宗早年隐居在蓝田东山，与王维、裴迪等人相互酬唱。后任右补阙，官终饶州长史。

② “强自宽”，勉强宽慰自己。

③ 这两句说，害怕风吹落帽，露出萧萧短发而丢丑，所以笑着请旁人来为己正冠。这里引用了晋代孟嘉落帽的典故。《晋书》载，孟嘉为桓温参军，九日（重阳）游龙山，在宴席上风吹落帽而不觉，桓温笑命孙盛作文以嘲。孟嘉见嘲文以答之，其文甚美，四座嗟叹。后因成为重阳登高之典故。杜甫时为司功参军，以孟嘉作比，合乎身份。南宋

杨万里说：“孟嘉以落帽为风流，此以不落帽为风流，翻尽古人公案，最为法。”“将”，介词。犹“以”。“还”，仍旧。“吹帽”，即落帽。

④ 此两句写远眺，此壮观足以发兴，此壮语足以唤起一篇精神。“蓝水”，水出商州西北，经蓝田山北流入渭。“玉山”，蓝田山之别称。“两峰寒”，言两峰并高，又值暮秋时分，故觉寒，而山水无恙。

⑤“茱萸”，见王昌龄《九日登高》注④。这两句言人事难知，仍与老去悲秋相应，含有无限悲天悯人之意。

## 张　继

张继，字懿孙，襄州（今湖北襄阳市襄州区）人，天宝十二载（753）擢进士第。大历末官检校祠部员外郎，分掌财赋于洪州。高仲武论其诗秀发当时，诗体清迥，有道者风。其《枫桥夜泊》深得称誉。《全唐诗》编其诗一卷。

### 冯翊西楼①

城上西楼倚暮天，楼中归望正凄然②。近郭乱山横古渡，野庄乔木带新烟③。北风吹雁声能苦，远客辞家月再圆④。陶令好文常对酒，相招那惜醉为眠⑤。

①“冯翊（píng yì）”，郡名。武德元年（618）更诸郡为州，天宝三载（744）以州为郡，乾元元年（758）复以郡为州。冯翊改州，称为同

州。治所在大荔（今属陕西省大荔县）。本篇写诗人归望之情。一作郎士元诗。

②“暮天”，夕阳西下之时。“归望”，回家的愿望。“山”，指黄河对岸之中条山。

③“郭”，外城。“古渡”，指蒲津关黄河渡桥。

④“北风吹雁”，言冬日北雁南飞。诗人借此言自己亦思故乡襄阳。“远客”，作者自指。“月再圆”，言已历月馀。

⑤“陶令”两句，是作者以陶渊明自况，表现出读书饮酒写文章的高尚志趣和个性之美。陶令，即东晋诗人陶渊明，他曾做过彭泽县令，故称。其《五柳先生传》：“好读书，……性嗜酒，家贫不能常得。亲旧知其如此，或置酒而招之。造饮辄尽，期在必醉，既醉而退，曾不吝情去留。……常著文章自娱，颇示己志。”“相招”句是说，陶令以文相招，自己嗜文喜酒，不惜醉眠。

## 华清宫

天宝承平奈乐何，华清宫殿郁嵯峨[①]。朝元阁峻临秦岭，羯鼓楼高俯渭河[②]。玉树长飘云外曲，霓裳闲舞月中歌[③]。只今惟有温泉水，呜咽声中感慨多[④]。

①“天宝”，唐玄宗年号之一。其时“开元盛世”已将唐朝的强盛提到新的高度。天宝年初再盛，成为“盛唐”之最。然而从开元后期起，唐玄宗由明而昏，专事声色，怠于政事，委政于李林甫和杨国忠。政治腐败，社会黑暗，终于在天宝十四载（755）爆发了安史之乱，唐王

朝由此转衰。“承平”，太平，治平相承。“奈乐何”，已乐其极。“郁”，积，甚。“嵯峨”，山高峻貌，此处指宫殿自下而上，建到骊山上。

②“朝元阁”，阁名，在骊山上，唐王朝李姓皇帝崇奉道教，此阁专为敬奉玄元皇帝（老子李耳）而建。“临秦岭”，骊山是秦岭支脉，阁在山上，故云。“羯（jié）鼓楼”，在朝元阁东，专为玄宗敲击羯鼓而建。羯鼓，古羯族乐器，南北朝时自西域传入，盛行于玄宗时期。“俯渭河”，因朝元阁在骊山之上，渭河又流经骊山北，故曰俯渭河。

③“玉树”句，是说宫廷的乐声飘出云外。玉树，指《玉树后庭花》，系陈后主所制之乐曲，属靡靡之音。“霓裳”，指《霓裳玉衣曲》，此曲传自西凉，后经唐玄宗润色，于天宝十三载（754）改此曲名。杨贵妃善为霓裳羽衣舞。这两句泛指宫廷歌舞。

④这两句写安史乱后华清宫的惨状。歌舞歇，人已绝，唯剩温泉水呜咽；国残破，宫寂寞，难怪呜咽声中感慨多了。

## 郎士元

郎士元，字君胄，中山（今河北定州）人。天宝十五载（即至德元载）登进士第，宝应初，选畿县官。诏试中书，补渭南尉，历右拾遗，出为郢州刺史。与钱起齐名。《唐才子传》中说，郎、钱二人体调大抵相同，而郎比钱“稍更闲雅”。其赠别诗在当时较有名。《全唐诗》编其诗一卷。

## 咸阳西楼别窦审①

西楼迥起寒原上，霁日遥分万井间②。小苑城隅连渭水，离宫曙色近京关③。亭皋寂寞伤孤客④，云雪萧条满众山。时命如今犹未偶，辞君拟欲拂衣还⑤。

①“咸阳”，县名，唐高祖武德二年（619）置，在长安西北，与长安隔渭水相望。“窦审”，系作者友人。

②“原”，咸阳原，也称毕郢原。“霁”，雨止。“万井”，人口稠密处，此处指咸阳。

③“隅”，角落。“离宫”，即行宫，京城以外供帝王出行时居住的宫殿。此当指望贤宫。“京关”，指京城。

④“孤客”，指窦审。

⑤“未偶”，未遇。偶，遇。“拂衣”，提衣、握衣，表示某种感情，此处指失意。孤客伤，窦审时运不济也；拂衣还，士元命途多舛也。不济多舛，故相送而见怜也。

## 耿　沣

耿沣，字洪源，河东（今属山西）人。登宝应元年进士第，官右拾遗。工诗，与钱起、卢纶、司空曙诸人齐名。沣诗不深琢削，而风格自生。《全唐诗》编其诗三卷。

## 邠州留别[1]

终岁山川路，生涯总几何[2]。艰难为客惯，贫贱受恩多。
暮角寒山色，秋风远水波[3]。无人见惆怅，垂鞚入烟萝[4]。

①“邠州”，州名，州治在今陕西咸阳彬州区。

②“终岁”，即长年累月。“生涯”，生活。

③“角”，古乐器名。出于西北地区游牧民族。《晋书·乐志》：“胡角者本以应胡笳之声，后渐用之横吹，即胡乐也。”

④“垂鞚（kòng）”，落下马勒。“烟萝”，指荒寂之径。

清人贺裳云：“耿诗善传荒寂之景，写细碎之事。”观《邠州留别》，便知其言不诬也。

## 晚次昭应[1]

落日向林路，东风吹麦陇。藤草蔓古渠，牛羊下荒冢[2]。
骊宫户久闭[3]，温谷泉长涌。为问全盛时，何人最荣宠？

①“次”，停留。“昭应”，县名。唐天宝七载（748）改会昌为昭应，地在今西安市临潼区。在诗中，作者慨叹者有二，一是见“荒冢”秦始皇陵而叹秦，一是见骊宫（华清宫）而叹唐。叹秦至二世而亡，叹唐经安史之乱而衰，可谓寄意遥深。

②“荒冢”，指秦始皇陵，在骊山下。

③“骊宫”，即华清宫，因宫在骊山，故名。

## 吕 牧

吕牧，东平（今山东泰安）人，永泰二年（766）擢进士第。自尚书郎为泽州刺史。《全唐诗》编其诗一首。

### 泾渭扬清浊①

泾渭横秦野，逶迤近帝城②。二渠通作润，万户映皆清③。明晦看殊色，潺湲听一声④。岸虚深草掩，波动晓烟轻。御猎思投钓，渔歌好濯缨⑤。合流知禹力，同共到沧瀛⑥。

①“泾渭”，二水名，泾水系渭水最大支流，北源出今宁夏六盘山东麓，东南流经甘肃省，与出自华亭的南源合流后，经长武县流入陕西，至西安高陵区入渭。渭水，系黄河最大支流，源出今甘肃省渭源县鸟鼠山，东流横贯陕西关中平原，到潼关入黄河。泾渭分明，指的就是泾清而渭浊。泾渭扬清浊，就是泾渭扬其波而浩荡东流。

②“横秦野”，横流经过秦中大地。“逶迤”，弯曲而延续不断貌。“帝城”，指国都长安。

③“二渠”，指郑国渠与白渠。战国时，韩人郑国为秦凿泾水，自中山西瓠口，引水东注路水，长三百里，溉地四万馀顷，因名郑国渠。汉武帝太始二年（前95），赵中大夫白公，复奏穿渠，引泾水首起谷口，尾入栎阳，注渭中，长二百里，溉田四千五百馀顷，名曰白渠。“润”，润泽。“万户”句，言泾渠之水清流照映万户。

④“明晦”，指泾渭两水一清一浊。“殊色”，不同的颜色。“听一声”，

言泾渭潺湲水声一也。

⑤“御猎”，皇帝打猎。“投钓”，即垂钓。“濯缨”，洗涤冠缨。也比喻超脱尘俗，操守高洁。《孟子·离娄上》：“沧浪之水清兮，可以濯我缨。”

⑥“合流”，指泾渭合流后东流至潼关入黄河。“知禹力”，知道这是大禹治水的功绩。禹，传说中古代部落联盟领袖，治理洪水十三年，终于疏通了江河，消灭了水患，功莫大焉。清胡渭《禹贡锥指》序：“中国之水，莫大于（黄）河，禹功之美，莫著于河。”“同共”，言泾渭共同东流入海。“沧瀛”，沧海。

## 卢　纶

卢纶（737—约799），字允言，河中蒲（今山西永济）人。曾在河中任元帅府判官，官累检校户部郎中、监察御史。系“大历十才子”之一，诗多送别酬答之作。《全唐诗》编其诗五卷。

### 送朝邑张明府[①]

千室暮山西，浮云与树齐[②]。剖辞云落纸，拥吏雪成泥[③]。野火芦千顷，河田水万畦[④]。不知琴月夜，谁得听乌啼[⑤]。

①“朝邑”，县名。北魏于此置南五泉县，西魏改为朝邑县，以地据朝阪而得名。地今属陕西大荔县。“明府”，县令。俗称明府。

②“千室”，指朝邑管辖的民户。“室”，家。“山”，指中条山。山在黄河东，朝邑在黄河西。“浮云”句，远望所见也。

③“剖辞”，指讼案之判决书。“剖”，剖析，辨明。“云落纸”，喻其下判词时，运笔挥洒自如。杜甫《饮中八仙歌》：“张旭三杯草圣传，脱帽露顶王公前，挥毫落纸如云烟。”可供参稽。“拥吏”句，言吏人之多，故踏雪成泥。

④“芦千顷”，“水万畦”，因黄河自北至南，流经朝邑，故多滩涂、水田。

⑤这两句写张明府琴声之佳。题下原注：“此公善琴。”“乌啼”，此外指乐曲名《乌夜啼》，琴曲名。传说三国魏何晏在狱中，有二乌止于舍上，晏女曰：“乌有喜声，父必免。”因作此曲。听乌啼，听喜声也。

## 宿石瓮寺①

殿有寒灯草有萤，千林万壑寂无声。烟凝积水龙蛇蛰，露湿空山星汉明②。昏霭雾中悲世界，曙霞光里见王城③。回瞻相好因垂泪，苦海波涛何日平④。

①“石瓮寺”，见储光羲《石瓮寺》注①。

②此四句言宿石瓮寺即景。“蛰”，蛰伏，潜伏不动。“星汉”，即河汉。

③“悲世界”，佛法言以慈悲为怀，普度众生，故云。“王城”，指华清宫。

④“苦海波涛”，言人间的烦恼。“苦海”，佛教比喻世俗，谓人间烦恼，苦深如海。

## 过楼观李尊师[①]

城阙望烟霞，常悲仙路赊[②]。宁知樵子径，得到葛洪家[③]。犬吠松间月，人行洞里花。留诗千岁鹤，送客五云车[④]。访世山空在[⑤]，观棋日未斜。不知尘俗士，谁解种胡麻[⑥]。

①“楼观”，地名，在盩厔（今作周至）秦岭北麓。相传周函谷关令尹喜，曾在此结草为楼，观看天体，初称草楼观、紫云楼。后老子入关，在楼南高冈筑台，讲授《道德经》，故又称说经台，系道教圣地。今名楼观台。“过”，访。“尊师”，对道士的敬称。

②“城阙”，指京城长安的城郭宫阙。“烟霞”，云气。“赊”，长，久远。

③这两句说从打柴人所走的小路，竟能到达李尊师的家中。“宁”，岂，竟。“樵子”，打柴的人。“径”，小路。“葛洪”，西晋思想家、医药学家。晚年辞官谢客，精研炼丹，以求长寿。此处代指李尊师。

④“洞”，道家谓仙人常居洞壑，这里指李尊师的居处。“千岁鹤”，旧时以鹤为长寿的仙禽，故有此称。“五云车”，道家谓仙人所乘之车。

⑤“访世”，访问世人。

⑥“胡麻”，植物名，相传汉张骞得其种于西域，故名，果实和种子皆可榨油。

## 早春归盩厔旧居却寄耿拾遗沣李校书端[①]

野日初晴麦垄分，竹园相接鹿成群。几家废井生青草，一树繁花傍古坟[②]。引水忽惊冰满涧，向田空见石和云[③]。

可怜荒岁青山下，惟有松枝好寄君。

① 安史乱后，人祸天灾，关中已不平静，代宗广德元年（763），吐蕃军又攻入长安，代宗东奔陕州，关中更是雪上加霜，这首诗写的正是荒岁的盩厔（今作周至）。“拾遗”，官名，掌供奉讽谏。“校书”，官名，掌校雠典籍。

② 此两句暗喻乡邻的死亡惨状。“废井生青草”，无人打水，故井废，人亦不到，井边故生青草。

③“空见石和云”，言冬麦尚未返青，田野空旷，望而只有石头（临山之地多有石头）带白云。

## 九日同司直九叔崔侍御登宝鸡南楼[①]

把菊叹将老，上楼悲未还。短长新白发，重叠旧青山。霜气清襟袖[②]，琴声引醉颜。竹林唯七友[③]，何幸亦登攀。

①“九日”，农历九月九日，即重阳节。“宝鸡”，县名，秦陈仓县地，唐乾元元年（758）改名宝鸡，相传秦文公在此得陈宝（神名）鸡鸣，故名。今为宝鸡市（属陕西），在秦岭北麓。“侍御”，唐代称殿中侍御史、监察御史为侍御。

②“清”，冷，凉。

③“竹林七友”，三国魏末，阮籍、嵇康等七人相友善，常宴集于竹林之下，时人称为“竹林七贤”。此处“竹林七友”借指和作者一起登楼的朋友。

## 晚到盩厔耆老家[①]

老翁曾旧识，相引出柴门。苦话别时事，因寻溪上村。数年何处客，近日几家存[②]。冒雨看禾黍，逢人忆子孙[③]。乱藤穿井口，流水到篱根[④]。惆怅不堪住，空山月又昏。

① 安史乱后，关中受重创，灾难深重，景象凄惨，农民承受着极大的苦难，卢纶这首诗正是写实之作。“盩厔”，见该作者《早春归盩厔旧屋却寄耿拾遗沣李校书端》注①。“耆（qí）老”，老年人。耆，六十岁以上的人。

②“数年”句，是老人问作者的形迹。“何处客”，即客居何处。“近日”句，是作者问老人邻里的近况。

③“冒雨”句，言老人冒雨去田间查看庄稼是否遭到水淹。“逢人”句，言子孙都死于安史之乱。故曰“忆”。

④“乱藤”句，言汲水人少，故见井口野藤疯长而无人治理。“流水”句，言流水已危及门墙。

## 李　益

李益（约750—约830），字君虞，陇西姑臧（今甘肃武威）人，大历四年（769）进士及第。初因仕途不畅，弃官游燕赵间，幽州刘济辟为从事。宪宗时，召为秘书少监，集贤殿学士，官至礼部尚书，有《李君虞诗集》。李益从军十八年，所作边塞诗在当时流传很广，既歌颂战士激昂慷慨、勇于牺牲之精神，也描写久戍思乡者之忧伤，风格悲壮宛转，直类盛唐。其七绝可与王昌龄媲美，五古亦得李太白风味。《全唐诗》编其诗两卷。

## 过马嵬[①]

汉将如云不直言，寇来翻罪绮罗恩[②]。托君休洗莲花血，留记千年妾泪痕[③]。

① 马嵬，即马嵬坡。地址在今陕西兴平市西。唐玄宗天宝十五载（756）六月，安史叛军破潼关，玄宗与杨国忠、杨贵妃姊妹踉跄奔蜀，路过马嵬驿，六军哗变，陈玄礼等以天下计诛杨国忠，又以祸本尚在，逼玄宗下令杨贵妃自缢。史称“马嵬之变”。贵妃死后，即葬于此。这首诗特别之处，在于对马嵬事是以贵妃口吻道出。更特别之处，是对“女宠祸国”陈腐观点之批判。

② 这两句说，唐朝的文臣武将对国运危急缄口不语，直到安史乱起，却要杨妃承担祸国之罪责。“汉将”，借指唐将。“寇”，指安史叛军。“翻”，反而。“绮罗恩”，指杨妃承宠之事。代指杨妃。

③ 这两句道出了杨妃的悲愤。“莲花”，唐释道世谓：“故十方之佛，同出于淤泥之浊；三身正觉，俱坐于莲台之上。”故以佛座为莲花。杨妃在马嵬被赐死佛堂，故云“莲花血”。“君”，指李隆基。“妾”，杨妃自称。

## 登长城[①]

汉家今上郡，秦塞古长城[②]。有日云长惨，无风沙自惊[③]。

当今圣天子，不战四夷平④。

①“长城”，指万里长城。秦统一六国后，以战国时诸侯国原有长城为基础修筑，因其西起临洮，东达辽东，谓万里长城。题一作《塞下曲》。

②“汉家”，代指唐家。“上郡”，郡名。秦昭王三年置，领肤施等二十三县。地在今陕西延安、榆林一带。原属秦国之地，故曰“秦塞”。塞，险要之处。

③ 这两句写登长城之所见。虽对晴日，有浮云而长惨淡也；即使无风，见狂沙而犹自惊也。

④“不战”，未发生战争，言天子圣明。故上兵伐谋，不战而屈人之兵。“四夷平”，言天涯静处而无征战。“夷”，古时泛称异族或外国为夷。

## 李　端

李端（约743—785），字正已，赵州（今河北赵县）人。大历进士，为“大历十才子”之一。曾任秘书省校书郎、杭州司马。他才思锐敏，一些诗也清丽深婉。喜作律诗。《全唐诗》编其诗三卷。

### 茂陵山行陪韦金部①

宿雨朝来歇，空山秋气清。盘云双鹤下，隔水一蝉鸣②。
古道黄花落，平芜赤烧生③。茂陵虽有病，犹得伴君行④。

①“茂陵”，汉武帝刘彻陵墓，在今陕西兴平市东北。“山”，指茂陵。

《三辅黄图》谓，陵冢曰山。“金部”，官名。属户部，掌库藏宝货物等事。题一作《招金部韦员外》。

②“盘云”，在云间飞翔。盘，回绕，盘曲。

③“赤烧”，似指野烧。

④“茂陵”，既扣地名，又指司马相如。《史记·司马相如列传》：相如“即病免，家居茂陵”。这里是作者以司马相如而自比。

## 司空曙

司空曙（720—790），字文初，广平（在今河北永年东南）人，曾举进士，曾入剑南节度使韦皋幕府，官水部郎中。性耿介，不干权贵。为“大历十才子”之一，其诗多写自然景色和乡情旅思，诗格清华，长于五律。《全唐诗》编其诗两卷。

### 云阳馆与韩绅宿别[1]

故人江海别，几度隔山川[2]。乍见翻疑梦，相悲各问年[3]。

孤灯寒照雨，深竹暗浮烟[4]。更有明朝恨，离杯惜共传[5]。

①“云阳”，县名，治所在今陕西泾阳县西北。“韩绅”，一作“韩升卿”。韩愈《虢州司户韩府君墓志铭》：“（睿素）有子四人，最季曰绅卿，文而能官。”绅卿是韩愈的四叔名，与司空曙为同时人，曾在泾阳任县令，人民文学出版社《唐诗选》本篇注：“按泾阳云阳，两

县紧邻。若韩绅即指此人，误将‘云’作‘泾’，亦未可知。”

② 这两句是说故人别后见面之难。

③ 这两句写重见时的情景，是传诵的名句。“乍见”，刚一见到。“翻疑梦”，犹恐真是假也；“各问年”，自见意相亲也。问年，问阔别后对方的情况。

④ 这两句写彻夜叙谈。孤灯照雨，以见人未眠也；暗竹浮烟，以见雨气重也。

⑤ 这两句写伤别前借酒浇愁，更显友情深也。

## 王　建

王建，字仲初，颍川（今河南许昌）人，大历间登进士第。初为渭南尉，再调昭应县丞，后官侍御史。大和中，出为陕州司马。又从军塞上，后归咸阳。工为乐府歌行，格幽思远，简括爽利，与张籍齐名，为元、白“新乐府”之先导。所作宫词百首，亦为人所传诵。《全唐诗》编其诗六卷。

### 温泉宫行[①]

十月一日天子来[②]，青绳御路无尘埃[③]。宫前内里汤各别[④]，每个白玉芙蓉开[⑤]。朝元阁向山上起[⑥]，城绕青山龙暖水[⑦]。夜开金殿看星河，宫女知更月明里[⑧]。武皇得仙王母去，山鸡昼鸣宫中树[⑨]。温泉决决出宫流[⑩]，宫使年年修玉楼。

禁兵去尽无射猎，日西麋鹿登城头[11]。梨园弟子偷曲谱，头白人间教歌舞[12]。

①“温泉宫”，即华清宫。玄宗天宝六载（747），更名华清宫。“行”，乐府和古诗的一种体裁。本篇写温泉宫的盛衰巨变，以感慨之词寓讽诫之意，悲戚而婉曲。

②“十月”句，据《新唐书》记载，玄宗御极四十五年中，除开元间五次东巡洛阳及两年未去华清宫外，其馀每年都幸温汤。尤其在天宝四载（745）册杨贵妃后，每年去华清宫，杨氏姊妹皆从行。

③“青绳”，御路两旁，以青绳为栏，供帝王专用。“御路”，皇帝行经之路。

④“内里”，温泉宫内。“汤”，即汤池。亦称温汤，汤泉，温泉，还有称“浴堂”的。“汤各别”，指宫内除“供奉两汤”（御汤与贵妃汤，即莲花汤与海棠汤），尝有十六所长汤（分别供太子、嫔妃和大臣使用），以及宫前供大臣集体沐浴的露天浴池星辰汤等。

⑤“白玉芙蓉”，指天子御汤九龙汤（亦曰莲花汤）和杨贵妃专用者海棠汤（池边上下两层台阶，每层分别用十六块与八块弧形券石砌成盛开的海棠花形状）。池内以白玉雕刻作莲花而驰名。宋人王谠记载：“御汤西南，即妃子汤，汤稍狭，汤侧有红石盆四所，刻作菡萏于白玉之面。”（《唐语林》卷五）王建亦有句云：“贵妃汤殿玉莲开。”（《华清宫》）

⑥“朝元”句，因朝元阁在骊山西绣岭上，故云。唐玄宗与杨贵妃到华清宫，要在朝元阁朝拜玄元皇帝（老子李耳的尊号），以期人神感应。

⑦“城绕青山”，是说华清宫城绕着骊山。“龙暖水”，御汤莲花汤。亦曰九龙汤，因泉出九龙吐水得名。龙暖水即指此。

⑧“金殿”，指长生殿。自天宝六载（747）朝元阁启用后，长生殿集灵

台祀神的功能移至朝元阁，长生殿就成了寝殿。“看星河”，指玄宗与贵妃避暑骊山宫中，七月七日，牵牛织女相见之夕，玄宗与贵妃感牛女事，密相誓心，愿世世为夫妇。（见陈鸿《长恨歌传》）“知更”，主管宫漏（计时之具）的人。

⑨“武皇”，汉武帝，此处代指唐玄宗。“得仙”，旧以人死曰仙逝，此处指唐玄宗逝世。“王母去”，西王母，传说中的仙人。此处代指杨贵妃。“去”，已经走了。即其已死的委婉说法。“山鸡”，野鸡。野鸡昼鸣宫中树，既言宫殿荒芜凄凉，亦代指安禄山占据了华清宫。

⑩“决决”，水流貌。

⑪“禁兵”，守卫华清宫的兵士。“麋鹿”，鹿的一种。“城”，指山城。时山城内多驯鹿。这两句是双关语，既言射鹿事，又言明皇奔蜀，叛军嚣张。

⑫“梨园弟子”，唐玄宗曾选乐工三百人，宫女数百人，教授乐曲于梨园，亲自订正声误，号“皇帝梨园子弟”。“偷谱曲”，用李谟典。元稹《连昌宫词》自注：“明皇尝于上阳宫夜后按新翻一曲，属明夕正月十五日，潜游灯下，忽闻酒楼上有笛奏前夕新曲，大骇之。明日密遣捕捉笛者，诘验之。自云：‘其夕窃于天津桥玩月，闻宫中度曲，遂于桥上插谱记之。臣即长安少年善笛者李谟也。’明皇异而遣之。”“教歌舞”，在民间教授歌舞以谋生。以叹息作结，中寓无限惆怅感慨。

## 晓望华清宫①

晓来楼阁更鲜明，日出阑干见鹿行②。武帝自知身不死，看修玉殿号长生③。

①“华清宫”，见卢象《驾幸温泉》注①。

②这两句言物是而人非。“鹿行”，唐代传说骊山有白鹿，乃汉时之鹿，谓为长寿之神物。

③这两句有讽刺意。“武帝”句，讽汉武帝好神仙求长生，实则指代唐玄宗。“长生殿”，华清宫殿名。《唐会要·华清宫》：“天宝元年十月造长生殿，名为集灵台，以祀神。”

## 昭应官舍书事①

县在华清宫北面，晓看楼殿正相当②。庆云出处依时报，御果呈来每度尝③。腊月近汤泉不冻，夏天临渭屋多凉④。两衙早被官拘束，登阁巡溪亦属忙⑤。

①“昭应”，见耿沣《晚秋昭应》注①。作者时任昭应县丞。“官舍”，指县衙。

②县，指县城。昭应县城紧靠骊山。“楼殿”，指华清宫之楼殿。

③“庆云”，五色云。也作“景云”“卿云”。古以为祥瑞之气。《汉书·天文志》：“若烟非烟，若云非云；郁郁纷纷，萧索轮囷，是为庆云。喜气也。”“御果”，皇帝所食之果。“呈”，一作“颁”。

④“汤”，指骊山温泉山水。“临渭”，昭应县城北临渭河。

⑤“两衙”，指作者时任的县丞之衙和稍前所任的渭南县尉之衙。

# 李　约

李约，字存博，官兵部员外郎。《全唐诗》编其诗十首。

## 过华清宫①

君王游乐万机轻，一曲霓裳四海兵②。玉辇升天人已尽③，故宫犹有树长生④。

① 这是唐人写华清宫的诗中对唐玄宗指斥最甚者，其中名句“一曲霓裳四海兵”更是精警。因淫逸而误国、祸国，几至亡国，唐玄宗之行径实堪令人发指。

②“君王”，指唐玄宗。“万机轻”，将天下大事不放在心上。万机，帝王日常的纷繁政务。“一曲霓裳”，即霓裳羽衣。曲，唐乐曲名。本传自西凉，名《婆罗门》。后经玄宗润色，于天宝十三载（754）改为《霓裳羽衣曲》，杨贵妃善为霓裳羽衣舞，时唐宫中多奏此乐。“四海兵”，指安史之乱。

③“玉辇（niǎn）”，古代帝王的乘舆。此处代指玄宗。

④“故宫”，指华清宫。安史乱后直至作此诗时，肃、代、德诸帝都很少去华清宫，因曰“故宫”。

## 权德舆

权德舆（759—818），字载之，秦州（今甘肃天水）人，以文章进身。德宗朝官至中书舍人，宪宗朝官礼部尚书，同中书门下平章事。其诗工古调乐府，雅正赡缛，有的绝似盛唐。《全唐诗》编其诗十卷。

### 朝元阁①

缭垣复道上层霄②，十月离宫万国朝③。胡马忽来清跸去④，空馀台殿照山椒⑤。

①“朝元阁”，见王建《温泉宫行》注④。

② 首句言朝元阁位于骊山华清宫建筑群最高处，须从围绕着短墙的复道中登上。“缭垣”，围绕着短墙。“复道”，阁道。楼阁之间以木架空的通道。“层霄”，极言朝元阁所处位置之高。

③ 此句言万国来朝华清宫。“离宫”，古代帝王于正式宫殿之外别筑宫室，以便随时游处，谓之离宫，言其与正式宫殿分离。此处指华清宫。从天宝六载（747）冬起，新命名的华清宫实际成了另一个政治中心，更有甚者，万国朝贺一类的重大活动也在此举办。

④ 此句言安史乱后玄宗奔蜀。“胡马”，安禄山、史思明皆胡人，故以“胡马”指安史叛军。“清跸去”，指玄宗已离开华清宫。清跸（bì），皇帝出行，清道戒严。“清”谓清理道路，“跸”谓辟止行人。

⑤ 结句言人去殿空，感慨系之。“台殿”，代指华清宫，中有长生殿等建

筑。“山椒”，山顶。宋陆游《六日云重有雪意独酌》诗：“地连海澨（shì，水滨）涛声近，云冒山椒雪意豪”，可参读。

## 敷水驿①

空见水名敷②，秦楼昔事无③。临风驻征骑，聊复捋髭须④。

①“敷水驿”，地在华阴县（今陕西渭南华阴市）西三十里处，临两京大道，因敷水而得名。

② 首句言空见水名敷，而不见那位秦氏罗敷。此诗以罗敷开论，颇有情趣。汉乐府相和歌辞《陌上桑》：“日出东南隅，照我秦氏楼。秦氏有好女，自名为罗敷。”

③ 次句言罗敷的故事已见不到了。罗敷故事，指《陌上桑》所叙述一名太守（使君）挑逗采桑女子罗敷而遭到严词斥责的故事。

④ 后两句驻马想象罗敷的美丽。《陌上桑》：“行者见罗敷，下担捋髭须；少年见罗敷，脱帽著帩头。耕者忘其犁，锄者忘其锄。来归相怨怒，但坐（因）观罗敷。”

# 刘禹锡

刘禹锡（772—842），字梦得，洛阳（今属河南）人。自言系出中山（在今河北唐县定州一带）。贞元九年（793）进士及第，官监察御史。顺宗时因参加主张革新的王叔文集团，宪宗时即被贬朗州司马，又谪连州刺史。后因裴度力荐，任太子宾客，加检校礼部尚书，世称刘宾客。刘禹锡不仅是当时进步的政治家，且是哲学家、思想家，又是杰出的诗人，其诗作多桀傲豪雄之气，绝无小儿戚戚之语。被誉为“诗豪”。白居易评刘禹锡的诗：“其锋森然，莫敢当者。”《全唐诗》编其诗十二卷。

## 马嵬行①

绿野扶风道②，黄尘马嵬驿。路边杨贵人③，坟高三四尺。
乃问里中儿，皆言幸蜀时。军家诛戚族，天子舍妖姬④。
群吏伏门屏，贵人牵帝衣⑤。低回转美目，风日为无晖⑥。
贵人饮金屑，倏忽舜英暮⑦。平生服杏丹，颜色真如故⑧。
属车尘已远，里巷来窥觑⑨。共爱宿妆妍⑩，君王画眉处。
履綦无复有，履组光未灭⑪。不见岩畔人，空见凌波袜⑫。
邮童爱踪迹，私手解鞶结⑬。传看千万眼，缕绝香不歇。
指环照骨明，首饰敌连城⑭。将入咸阳市，犹得贾胡惊⑮。

① 本篇系刘禹锡感马嵬（wéi）之变而作。“行”，乐府和古诗的一种体裁。马嵬驿杨妃被赐死事，见李益《过马嵬》注①。

②“扶风”，郡名。辖地在关中西部（即今陕西凤翔、扶风一带），紧邻马嵬驿。

③“杨贵人”，即杨贵妃（玉环）。

④“戚族”，即外戚之族，此处指杨贵妃亲族杨国忠及虢国夫人等。“妖姬”，妖艳的姬妾，指杨贵妃。

⑤“群吏”句，言随行群吏跪伏于门屏乞玄宗处置杨贵妃也。“贵人”句，言杨贵妃牵帝衣求救也。

⑥“低回”，留恋。“转美目”，贵妃以目传情乞救命；日无晖，风景惨淡，日光无辉，言玄宗面临事变无可奈何也。

⑦“饮金屑”，谓吞金。此句写贵妃吞金而死，与史载不合。或系当时的一种传说。“倏忽”，疾速，指极短的时间。“舜英暮”，指木槿花朝开而夕萎。代指贵妃即时命终马嵬驿。舜，木槿。英，花。屈原《离骚》：“朝饮木兰之坠露兮，夕餐秋菊之落英。”“舜”，一作“蕣”。

⑧“杏丹”，疑为保养身体而炼的丹药。“真如故”，言贵妃死后面容如生。

⑨“属车”，皇帝的侍从车子。“去已远”，言玄宗已奔蜀，其行已远。“里巷”，里间，乡里。“窥觑”，观看。

⑩“宿妆”，旧妆。

⑪“履綦”，鞋的饰物，相传杨妃死后，有人捡到她的鞋，用以展观，竟以致富。“履”，鞋。“履组”，鞋带。“光未灭”，（鞋虽不在）鞋带的光色仍在闪烁，形容贵妃鞋之华贵。

⑫“凌波”，（行走在）在水波上面。形容妇女举步轻盈。曹植《洛神赋》：“凌波微步，罗袜生尘。”

⑬“邮童”，指马嵬驿传递文书的小儿。“鞶（pán）”，小囊，即俗谓荷包。

⑭“指环”，即戒指。“照骨明”，言戒指光亮。“敌连城”，敌得过好几座城，即价值连城。

⑮“将”，携带。“贾（gǔ）胡”，少数民族的商人。贾，古指设肆售货之商人。

## 和令狐相公入潼关[①]

寒光照旌节[②]，关路晓无尘。吏谒前丞相，山迎旧主人[③]。东瞻军府静，西望敕书频[④]。心共黄河水，同升天汉津[⑤]。

①本篇是和令狐楚相公（宰相）的《入潼关》诗（该诗已佚），作于文宗大和二年（828）。令狐楚于元和十四年（819）四月入朝拜相，任中书侍郎，同中书门下平章事。至大和二年，由宣武军节度使征为户部尚书。《入潼关》就是其由关东赴长安入潼关时所作。

②“寒光”，时在冬季。“旌节”，古代使者所持之节。节，使者的信节，以旄牛尾作饰，为信守的象征。镇守一方的军政长官也拥有旌节。

③“前丞相”，指令狐楚。因其在宪宗元和十四年曾拜相，故云。“山迎句”，令狐楚于元和十三年（818）曾任华州刺史，潼关系华州管辖，故曰山迎旧主人。

④“军府静”，指其在宣武军节度使任上，以仁慈宽惠方法治理，使素以骄横著称的宣武镇兵心悦诚服，故云“军府静”。宣武军节度使治汴州（今河南开封），故曰“东”。“敕书”，唐制，皇帝行文臣僚，凡慰谕公卿、诫约朝臣者称敕书。因其身居节度使等要职，敕书故频。长安在潼关西，故曰“西望”。

⑤“天汉”，长河。“津”，渡口。古代传说黄河与天河相通，故云。

## 途次华州，陪钱大夫登城北楼春望，因睹李、崔、令狐三相国唱和之什，翰林旧侣，继踵华城，山水清高，鸾凤翔集，皆忝宿眷，遂题此诗[1]

城楼四望出风尘，见尽关西渭北春[2]。百二山河雄上国[3]，一双旌旆委名臣[4]。壁中今日题诗处，天上同时草诏人[5]。莫怪老郎呈滥吹[6]，宦途虽别旧情亲[7]。

①“途次”，旅途中住宿的地方。“华州”，州名，州治在今陕西省渭南市华州区。“钱大夫”，指钱徽，其于长庆二年（822）任华州刺史。大夫，隋唐时为高级阶官称号。“李、崔、令狐三相国”，指李逢吉、崔群和令狐楚。三人皆为相国（宰相）。唐代的宰相之职并非一个，如尚书省、门下省、中书省的长官，皆称宰相，而尚书省和中书省经常有不止一个长官，故有宰相之称的就更多。“唱和之什”，指其唱和令狐楚《入潼关》的诗篇。“翰林旧侣”，是说他们皆为贞元进士，官历翰林之职。“继踵”，形容其接连不断。“忝”，谦辞，指辱没他人。“宿眷”，长期的怀念。宿，平素。眷，回顾，恋慕，引申为关心，怀念。这首诗称赏山河之壮美，旧侣情谊之深厚。“华城”，华州州城。

②“出风尘”，超出风尘之外。“关”，指潼关。“渭”，渭河，渭河流经华州城北。

③“百二”，指山河险固之地，此处指秦地。“上国”，京师，首都。

④“一双”句，谓令狐楚。一双旌旆，谓令狐楚身兼节度使与观察使之任，其任行有旌节与仪仗旗帜，故云。详见《和令狐相公入潼关》注①④。“旌旆”，旗帜。

⑤“题诗”者，“草诏人”，皆指李、崔、令狐三位相国。

⑥这句是作者的自谦之词。“老郎”，刘禹锡因参与“永贞革新”，被贬远州多年，年齿渐老，而官职郎官（郎中员外），故云。“滥吹”，用“滥竽充数”典故，言自己无作诗之才而强作诗同三相公唱和。

⑦这句言自己与钱大夫、三相皆贞元年间进士，为翰林旧侣，官职虽说不同，而旧情依然亲密。

## 吕 温

吕温（771—811），字和叔，一字光化，河中人。德宗贞元末登进士第，曾任左拾遗、侍御史、户部员外郎。后被贬南方之道州、衡州（均在今湖南境），卒于官所。《全唐诗》编其诗二卷。

### 登少陵原望秦中诸川，太原王至德妙用有水术，因用感叹[①]

少陵最高处，旷望极秋空。君山喷清源，脉散秦川中[②]。
荷锸自成雨，由来非鬼工[③]。如何盛明代，委弃伤豳风[④]。
泾灞徒络绎，漆沮虚会同[⑤]。东流滔滔去，沃野飞秋蓬[⑥]。
大禹平水土，吾人得其宗[⑦]。发机回地势，运思与天通[⑧]。
早欲献奇策，丰财叙西戎[⑨]。岂知年三十，未识大明宫[⑩]。
卷尔出岫云，追吾入冥鸿[⑪]。无为学惊俗，狂醉哭途穷[⑫]。

①“少陵原”，即樊川北原。在杜陵东南。“川”，河。“妙用”，巧妙运用。“有水术”，有使水为人类兴利之本领。

②“君山”，因山而育水，故云君山。君，统治，主宰。“脉散秦川”，言水脉分散流经秦川。

③这两句借郑国渠、白渠以言兴修水利事。郑国渠、白渠详见吕牧《泾渭扬清浊》注③。“荷锸（chā）”句，言兴修水利开凿渠道，引河溉田的人数众多。锸，掘土的工具。“雨”，借指溉田之河水。水溉田犹雨润田也，故云。“荷锸”，语出汉代《郑白渠歌》：“田与何所？池阳谷口，郑国在前，白渠起后，举臿为云，决渠为雨。”“鬼工”，形容技艺精巧或工程浩大，非人力所能为。此处的“非鬼工”，是肯定那些非人力所能为的兴修水利事正是人力所为。

④这两句是说，在盛明的当代，为何不兴修水利。“委弃”，弃置。“豳（bīn）风”，《诗经》中十五国风之一。豳地即今陕西咸阳之彬州、旬邑一带。原为周之先祖公刘所开发。《诗经·豳风》中多有务农之地方色彩。秦代郑国渠渠首即近豳地。故云。

⑤“泾”，泾水，见吕牧《泾渭扬清浊》注①。“灞水”，源出蓝田山中，西流至长安东南，北折而入渭。“络绎”，往来不绝，接连不断。“漆沮”，二水名，即洛水。漆沮汇入洛水，故洛水亦称漆沮。“虚会同”，空汇合，因未得水利，故云。同，会合。

⑥“东流”，指渭河。泾、灞、漆、沮诸水入渭，东流入黄河。“蓬”，蓬蒿，秋而枯，枯而根拔，小者遇风而飞，大者随风而滚动。

⑦“大禹”句，是说大禹治水，立足于疏导，并亲自指挥治水，历十年而功成，人民得以平土而居。“吾人”，指王至德，言其妙用有水术是以大禹为宗的。“宗”，本源，本旨。

⑧ 这两句写王至德用水术的运筹。“发机”，施展机谋。此处指兴水利之发端，先须改变地势之高下。“回”，旋转，环绕。引申为改变。“运思”，指水利工程之设计。“与天通”，谓与天意相通。

⑨“献奇策”，指吕温所献之“丰财叙西戎”之策。“丰财”，言兴修水利可给国家带来滚滚财源，用以强国。“叙西戎”，《尚书·禹贡》：“西戎即叙。”叙，顺。尊王攘夷，强调华夷之防。夷，古代对异族的贬称。叙，使之有序。“西戎”，古时我国西北少数民族总称西戎。此处指吐蕃。安史乱后，吐蕃频频扰边。后来（贞元二十年）为入蕃副使的吕温，早就有了尊唐攘夷的思想。

⑩“未识句”，意为未能为官家重视而施展才华。“大明宫”，皇宫。自高宗李治起，除过唐玄宗二十九年主政兴庆宫外，为唐政治中心。

⑪“出岫云”，比喻自然之心态。陶潜《归去来兮辞》：“云无心以出岫，鸟倦飞而知还。”岫（xiù），峰峦，山谷。“入冥鸿”，高飞的鸿雁，喻避世隐居之士。

⑫“无为”，不必。“惊俗”，使世俗惊讶。“狂醉哭途穷”，用阮籍穷途而哭的典故。穷途，路的尽头，亦比喻困窘的境况。

## 孟冬蒲津关河亭作[①]

息驾非穷途，未济岂迷津[②]。独立大河上，北风来吹人。雪霜自兹始，草木当更新。严冬不肃杀，何以见阳春[③]。

①“孟冬”，即十月。“蒲津关”，见李隆基《早度蒲津关》注①。“河”，黄河。

②“息驾”，停车。驾，套马的车。“济”，渡河。“迷津”，犹迷途。

③“雪霜”四句，清代贺裳《载酒园诗话·又编》评之曰：“语自佳，然敢作敢为，勃勃喜事之态，亦见言下。”可谓的评。

## 张 籍

张籍（约767—约830），字文昌，和州（今安徽和县）人，贞元十四年（798）进士及第，历任太常寺太祝、水部员外郎、国子司业等职，故世称张水部或张司业。张籍最工乐府诗，风雅比兴之外，不发空泛议论，清丽而深婉，其五古、近体，在中唐也最为蕴藉。《全唐诗》编其诗五卷。

### 登咸阳北寺楼[①]

高秋原上寺[②]，下马一登临。渭水西来直，秦山南向深[③]。
旧宫人不住，荒碣路难寻[④]。日暮凉风起，萧条多远心。

① 题一作《登感寺楼》。

②“原”，指咸阳北原。

③“直”，一作“急”。“向”，一作“去”。

④“旧宫”，指咸阳望贤宫。“碣”，圆碑。“住”，一作“见”。

## 寄昭应王中丞[①]

借得街西宅，开门渭水头[②]。长贫唯要健，渐老不禁愁。
独凭藤书案[③]，空悬竹酒钩。春风石瓮寺，作意共君游[④]。

① 愚按：诗题中可能衍一“中”字，“王丞”应指县丞王建。《唐才子传》记载，王建“与张籍契厚，答唱尤多”。王建曾任昭应县丞，故以诗中叙写，当为赠王建诗。“中丞”系御史台长官，与诗中内容并不相符。“昭应”，见耿沣《晚次昭应》注①。

②“开门渭水头”，渭水在昭应县北不远处，故云。

③“凭”，依仗，寄托。

④“石瓮寺”，见储光羲《石瓮寺》注①。“作意”，起意，决意。“君”，指王丞。

## 元 稹

元稹（779—831），字微之，洛阳（今属河南）人。年十五擢明经科，补校书郎。元和初，对策第一，拜左拾遗，历监察御史。因与宦官及守旧官僚斗争，贬江陵士曹参军。后转而依附宦官，官至同中书门下平章事。其后被贬，最后以暴疾卒于武昌军节度使任所。元稹与白居易齐名，世称“元白”。其诗反映现实多而有力，题材广泛，言浅而思深，词微而意显，成为所谓通俗诗派的旗帜，是中唐新乐府运动中仅次于白居易的人物，有《元氏长庆集》。《全唐诗》编其诗二十八卷。

## 华岳寺[1]

山前古寺临长道，来往淹留为爱山[2]。双燕营巢始西别，百花成子又东还[3]。暝驱羸马频看堠[4]，晓听鸣鸡欲度关[5]。羞见窦师无外役，竹窗依旧老身闲[6]。

① 华岳寺，在华山下。题下有注云：“贞元二十年（804）正月二十五日，自洛之京，二月三日春社，至华岳寺，憩窦师院，曾未逾月，又复徂（cú，往，到）东，再谒窦师，因题四韵而已。”

② “淹留”，长期逗留。

③ “双燕营巢”，指其自洛阳西去长安路过华岳寺时，见屋梁上双燕正在筑巢，点出仲春二月。“百花成子”，百花结子，点明是在暮春三月由长安回洛阳路过华岳寺。

④ “堠（hòu）”，计里程的土堆。

⑤ “关”，指潼关。亦暗含孟尝君因客有能为鸡鸣者遂出函谷关典故。

⑥ 这两句说，窦师僧人，无外役而身合闲也；元稹劳人，身在官场而不由己也。相形之下，动不如静，故曰“羞见”。“外役”，出行外地的差事。

## 白居易

白居易（772—846），字乐天，号香山居士，下邽（今陕西省渭南市临渭区）人。贞元进士及第，授秘书省校书郎，元和年间任左拾遗及左赞善大夫。因写讽喻诗得罪权贵，故而宰相武元衡被刺杀后，他上书请亟捕贼，以雪国耻，为当政者所恶，贬江州司马。后被召为主客郎中，知制诰，又出任杭州、苏州刺史，官至刑部尚书。有《白氏长庆集》。白居易是中唐新乐府运动的倡导者，并以三千八百首的诗歌实践，对当时诗歌的发展起了重要作用。他的诗题材广泛，诗风平易通晓，广被传诵，以“讽喻诗”和“感伤诗”最为著名。《全唐诗》编其诗三十九卷。

## 赋得古原草送别[①]

离离原上草，一岁一枯荣[②]。野火烧不尽，春风吹又生。远芳侵古道，晴翠接荒城[③]。又送王孙去，萋萋满别情[④]。

①旧传白居易十六岁时作此诗，乃属应考之习作。抵长安后即以之谒顾况。顾况见其姓名，谑之曰：“长安百物贵，居大不易。”及览诗卷，乃叹曰：“有句如此，居天下有甚难，老夫前言戏之耳。”（《唐摭言·知己》）按科考规定，凡指定、限定的诗题，题目前须加“赋得”二字。《新唐书·白居易传》云：“未冠，谒顾况。况，吴人，恃才少所推可，见其文，自失曰：‘吾谓文章遂绝，今复得子矣。’”今有人考证，白居易十一岁（建中三年）至十八岁（贞元五年）都在江南，贞元五年（789）以后，顾况贬官饶州，他二人不可能在长安相见。而据今人顾学颉、周汝昌考证，白居易十六岁时，“始自江南至长安（约在本年或后年），以诗文谒名士顾况；况见《赋得古原草送别》‘野火烧不尽，春风吹又生’句，为之叹服，延誉”。也就是说，他二

人在贞元五年相见是有可能的。

②“离离”，草盛纷披貌。“荣”，茂盛。

③“远芳”，“晴翠”，皆形容草木茂盛。远芳，见原野阔远也；晴翠，见春阳和煦也。“古道”，“荒城”，皆扣诗题“古原”。“侵”，见春草蔓延也；“接”，见绿野广袤也。

④“王孙”，贵族的子孙，这里借指作者的朋友。“萋萋”，草盛貌。

## 长恨歌[①]

汉皇重色思倾国，御宇多年求不得[②]。杨家有女初长成，养在深闺人未识。天生丽质难自弃，一朝选在君王侧[③]。回眸一笑百媚生，六宫粉黛无颜色[④]。春寒赐浴华清池，温泉水滑洗凝脂。侍儿扶起娇无力，始是新承恩泽时[⑤]。云鬓花颜金步摇，芙蓉帐暖度春宵。春宵苦短日高起，从此君王不早朝[⑥]。承欢侍宴无闲暇，春从春游夜专夜。后宫佳丽三千人，三千宠爱在一身。金屋妆成娇侍夜，玉楼宴罢醉和春[⑦]。姊妹弟兄皆列土，可怜光彩生门户。遂令天下父母心，不重生男重生女[⑧]。

骊宫高处入青云，仙乐风飘处处闻。缓歌慢舞凝丝竹，尽日君王看不足[⑨]。渔阳鼙鼓动地来，惊破霓裳羽衣曲[⑩]。九重城阙烟尘生，千乘万骑西南行[⑪]。翠华摇摇行复止，西出都门百馀里。六军不发无奈何，宛转蛾眉马前死[⑫]。花钿委地无人收，翠翘金雀玉搔头。君王掩面救不得，回看血泪相和流[13]。黄埃散漫风萧索，云栈萦纡登剑阁。峨嵋山下少人行，旌旗无光日色薄[14]。蜀江水碧蜀山青，圣主朝朝暮暮情。行宫见月伤心色，夜雨闻铃肠断声[15]。天旋地转回龙驭，到此踌躇不能去。马嵬坡下泥土中，不见玉颜空死处[16]。

君臣相顾尽沾衣，东望都门信马归。归来池苑皆依旧，太液芙蓉未央柳。芙蓉如面柳如眉，对此如何不泪垂。春风桃李花开日，秋雨梧桐叶落时[17]。西宫南内多秋草，落叶满阶红不扫。梨园弟子白发新，椒房阿监青娥老[18]。夕殿萤飞思悄然，孤灯挑尽未成眠。迟迟钟鼓初长夜，耿耿星河欲曙天[19]。鸳鸯瓦冷霜华重，翡翠衾寒谁与共。悠悠生死别经年，魂魄不曾来入梦[20]。

临邛道士鸿都客，能以精诚致魂魄。为感君王展转思，遂教方士殷勤觅[21]。排空驭气奔如电，升天入地求之遍。上穷碧落下黄泉，两处茫茫皆不见。忽闻海上有仙山，山在虚无缥缈间。楼阁玲珑五云起，其中绰约多仙子。中有一人字太真，雪肤花貌参差是[22]。金阙西厢叩玉扃，转教小玉报双成。闻道汉家天子使，九华帐里梦魂惊[23]。揽衣推枕起徘徊，珠箔银屏迤逦开。云髻半偏新睡觉，花冠不整下堂来。风吹仙袂飘飘举，犹似霓裳羽衣舞。玉容寂寞泪阑干，梨花一枝春带雨[24]。

含情凝睇谢君王，一别音容两渺茫。昭阳殿里恩爱绝，蓬莱宫中日月长[25]。回头下望人寰处，不见长安见尘雾。

唯将旧物表深情，钿合金钗寄将去。钗留一股合一扇，钗擘黄金合分钿。但教心似金钿坚，天上人间会相见[26]。临别殷勤重寄词，词中有誓两心知。七月七日长生殿，夜半无人私语时[27]。在天愿作比翼鸟，在地愿为连理枝。天长地久有时尽，此恨绵绵无绝期[28]。

①“长恨歌”，说的是唐明皇和杨贵妃之爱情故事。元和元年（806）十二月，时为盩厔（今作周至）尉的白居易，与家居是邑的进士陈鸿和在楼观台修道的王质夫，“暇日相携游仙游寺，话及李杨故事，相与感叹。质夫举酒于乐天前曰：‘夫希代之事，非遇出世之才润色之，则与时消没，不闻于世。乐天深于诗，多于情者也。试为歌之，如何?’乐天因为《长恨歌》。意者不但感其事，亦欲惩尤物，窒乱阶，垂于将来者也。歌既成，使鸿传焉。”（见陈鸿《长恨歌传》）《传》中写得很明白，《长恨歌》的原意，除过感其事外，“亦欲惩尤物，窒乱阶”，然而白居易写成的《长恨歌》，对李杨之事的揭露和讽刺只局限在前面一小部分。自“渔阳鼙鼓动地来”之后，则完全对造成悲剧的主人公表示同情。这与写诗的初衷是有些背离的。由于其设法“润色之”，故而显得故事完整，描写细致，婉转动人而缠绵悱恻，使李杨的爱情故事升华到超现实的纯真境界。

②“汉皇”两句，言唐玄宗欲求倾国之色尚未如愿。“汉皇”，本指汉武帝刘彻，这里代指唐玄宗李隆基。下文“闻道汉家天子使”的“汉”字，用意与此相同。是一种委婉的避讳方式。唐诗中，有不少以汉代唐的诗句，如岑参《燕歌行》：“汉家烟尘在东北，汉将辞家破残贼。”杜甫《兵车行》：“边庭流血成海水，武皇开边意未已。”此处以汉比

唐，因不敢点名指斥本朝的皇帝。“倾国”，指绝色美女。《汉书·外戚传》载李延年歌：“北方有佳人（暗指其妹，即汉武帝后来的李夫人），绝世而独立。一顾倾人城，再顾倾人国。”后来倾城倾国遂为绝色美女的代称。“御宇”，统治全国。

③“杨家有女”四句，言杨玉环以美丽而成贵妃。“杨家有女”，杨贵妃（相传小名玉环）是蜀州司户杨玄琰之女，幼时养在叔父杨玄珪家，开元二十三年（735），被册封为寿王（玄宗的儿子）李瑁妃。二十九年（741）正月初二，玄宗度她为道士，住太真宫，道号太真。由此而过渡，到天宝四载（745）册封为玄宗的贵妃。

④“回眸”两句极言贵妃之美丽。“百媚生”，言笑容极其娇美。媚，美好。“六宫”，皇帝立有六宫，正寝（宫）一，燕寝（宫）五，由后妃居住。“粉黛”，粉与黛系女子之化妆品，因作妇女之代称，此处泛指后宫的女子。“无颜色”，指六宫嫔妃与杨妃的丰艳相比相差太远，毫无颜色可言。

⑤“春寒”四句，言始承恩泽。“华清池”，即骊山华清宫之温泉。“凝脂”，形容美人皮肤白嫩而滑腻，《诗经·卫风·硕人》：“肤如凝脂。”“侍儿”，婢女。“承恩泽”，指得到皇帝的宠爱。

⑥“云鬓”四句，言玄宗因宠贵妃而倦怠朝政。“云鬓”，盛美的鬓发。“步摇”，一种首饰的名称，缀珠玉垂下，插在发鬓上，行走时摇动，故曰步摇。

⑦“承欢”六句，言贵妃受宠之幸。“金屋”，用汉武帝故事。武帝幼时，姑母对他说：“欲得阿娇（武帝姑母女）为妇乎?”武帝答：“若得阿娇为妇，当以金屋贮之。”（见《汉武帝故事》）“醉和春”，是说玄宗对杨妃的宠爱已到了如醉如狂的程度。

⑧“姊妹”四句，言贵妃一家声势之烜赫。“姊妹弟兄”，天宝四载册封

杨妃后，又追赠她父亲杨玄琰为太尉、齐国公，叔父杨玄珪升为光禄卿，宗兄杨铭为鸿胪卿，杨锜为侍御史，杨钊（国忠）为右丞相。大姐封为韩国夫人，三姐封为虢国夫人，八姐封为秦国夫人，出入宫掖，势焰熏灼。“列土”，分封土地。“可怜”，可爱。“不重生男重生女”，语本《史记·外戚世家（褚先生补）》：“生男无喜，生女无怒；独不见卫子夫，霸天下。”杨妃时亦有歌谣：“生女勿悲酸，生男勿喜欢。”“男不封侯女作妃，看女却为门上楣。”

以上为第一段，写杨氏得宠，杨家立时显赫。

⑨“骊宫”四句，写玄宗与贵妃华清宫歌舞玩乐之事。“骊宫”，骊山上的宫殿，指华清宫。“丝竹”，指管乐和弦乐，此处代指乐器。

⑩“渔阳”两句，言唐玄宗的昏聩致使安史之乱祸发。“渔阳鼙（pí）鼓”，指天宝十四载（755）十一月，平卢、范阳、河东三镇节度使安禄山发动的叛乱。渔阳，本为范阳，天宝元年（742）改渔阳，属安禄山管辖。鼙鼓，古代军中用的小鼓。“霓裳羽衣曲”，著名舞曲名。

⑪“九重”两句，言玄宗国破而奔蜀。“九重城阙”，皇帝住的地方有九道门，称九重，此处指京城长安。“烟尘生”，指战祸。“西南行”，天宝十五载（756）六月，安禄山陷潼关。玄宗听从杨国忠建议，携杨贵妃等人仓皇奔蜀，命将军陈玄礼率“六军”作为卫军。

⑫“翠华”四句，言马嵬事变，贵妃殒命。“翠华”，皇帝的旗子上用翠玉作装饰，故用作皇帝旗帜的代称。“六军”，《旧唐书·肃宗纪》：“至马嵬驿，六军不发。”《周礼》说周王（即天子）有六军，后来泛称皇帝的军队为“六军”。玄宗时，实际上只有左右龙武和左右羽林四军，以后增至六军。当时的陈玄礼指挥的“六军”发动马嵬事变，先诛杨国忠，又迫使玄宗交出贵妃后将其缢杀。“蛾眉”，古称妇女美好的弯眉称蛾眉，因用作美女的代称，此处指杨妃。

⑬“花钿”四句，言玄宗对贵妃死亡之痛心。“花钿（diàn）”，贵族妇女所戴的镶嵌珠宝的首饰。“翠翘”，翠鸟尾上的长毛，此处指翠翘形的头饰。“金雀”，雀形的金钗。“玉搔头”，玉簪。因为贵妃已死，其所用首饰都散落地上，无人收拾。掩面救不得，血泪相和流，玄宗痛彻心脾也。

⑭“黄埃”四句，言玄宗踉跄奔蜀。“云栈”，高入云端的栈道。“萦纡”，回环曲折。“剑阁”，指剑门关，在今四川剑阁县北。“峨嵋”，山名，在今四川峨眉县境。玄宗奔蜀并未到过那里，诗中借此以指蜀山。

⑮“蜀江”四句，言玄宗在蜀中对贵妃的思念。“行宫”，京城以外供帝王出行时居住的宫殿。“夜雨闻铃”，《明皇杂录（补遗）》：“明皇既幸蜀，西南行，初入斜谷，属（遇）霖雨涉旬，于栈道雨中闻铃音，隔山相应。上（指玄宗）既悼念贵妃，采其声为《雨霖铃曲》，以寄恨焉。”

⑯“天旋”四句，言长安收复后玄宗自蜀返回，又经马嵬伤心地。“天旋地转”，比喻国家倾覆后得到恢复。此处指打败叛军，收复长安，玄宗自蜀返回等事。至德二载（757）九月，郭子仪收复长安，十二月，玄宗自蜀返。“到此踌躇”，“此”，指马嵬坡，即杨妃被缢杀之处。玄宗路过马嵬杨妃葬地，派人备棺椁改葬，挖开土，贵妃之香囊还在，玄宗见了很是悲伤。（见《新唐书·后妃传》）“马嵬”两句，是说杨妃既已葬于马嵬泥土之中，故不能再见到其玉颜而只能见到这葬身之处。“空”，徒然。（有人据“空死处”三字，说是墓中无贵妃之尸，断定其未死，已逃日本云云，不足为信。在当时情况下，贵妃绝无逃走之可能。其实“空死处”，并非说死处之空，而是说空留下，即白白地留下贵妃之死处。）

以上是第二段，写安史乱后玄宗奔蜀，杨贵妃死于马嵬。

⑰“君臣”八句，言玄宗因思念贵妃，黯然回京，凄然垂泪。“太液”，池名，在大明宫内，池中有蓬莱山，池边有蓬莱殿。“未央”，汉宫名，在长安城的西北角。此处借指唐宫及池苑。

⑱“西宫”四句，写玄宗寂然而居，黯然而思。“西宫南内”，皇宫之内称作“大内”。唐时以大明宫为东内，兴庆宫为南内，太极宫为西内。玄宗自蜀返回后，住于南内。上元元年（760），权宦李辅国胁迫太上皇（李隆基）从兴庆宫迁西内甘露殿，并流贬跟随其最久的高力士、陈玄礼，亦不许原来的宫人留其左右，玄宗于是绝食，忧愤成病（见《旧唐书·李辅国传》）。肃宗（李亨）亦不许玄宗再过问天下事。“梨园弟子”，玄宗通音律，选数百人，亲自教于梨园，谓梨园弟子。后又命宫女数百人，为梨园弟子。“椒房”，指宫中皇后之所居，用椒和泥涂在墙上，取其香暖而又多子之意。“阿监”，宫中的近侍，唐代六七品的女官名。“青娥”，指年轻美貌的宫女。“白发新”与“青娥老”对举，极言玄宗眼中见旧日诸人，心中思贵妃诸事。

⑲“夕殿”四句，写玄宗思念贵妃之痴情。“孤灯挑尽”，古时点灯用灯草，过一会儿就把灯草往前挑一挑，好使之燃烧。挑尽，灯草挑尽，指夜已深。“迟迟钟鼓”，夜漫长也。“耿耿星河”，天欲曙也。思念杨妃，深夜长开眼也。

⑳“鸳鸯”四句，写玄宗思念杨妃之痴心。“鸳鸯瓦”，甘露殿上的覆瓦一俯一仰扣合在一起，叫鸳鸯瓦。“霜华重”，指浓霜。“翡翠衾”，绣有翡翠鸟图案的被子。“经年”，过了一年。

以上是第三段，写玄宗返京后对杨贵妃的思念。

㉑“临邛（qióng）”四句，言临邛道士为玄宗招贵妃之亡魂。“临邛”，县名，地在今四川邛崃市。“鸿都”，洛阳北宫门名。《后汉书·灵帝纪》：光和元年（178）二月“始置鸿都门学生”。“鸿都客”，是说这

个临邛方士曾在洛阳住过。“方士”，方术之士，即临邛道士。

《长恨歌》从此以下，转为浪漫主义的神话传说故事之描写，其事虽不曾有而其情或在理中。

㉒“排空”以下十句，写方士费尽心力，终于找到仙子杨太真。“穷”，找遍之义。“碧落”，指天上。“黄泉”，指地下。“五云”，五色之云。“绰约”，美好的样子。“参差是”，仿佛就是。

㉓“金阙”四句，写太真惊异于方士到访。“扃（jiōng）”，门闩或门环，此处指门扇。“玉扃”，玉做的门。“小玉”，吴王夫差的女儿。“双成”，姓董，神话传说中西王母的侍女。此处借小玉、双成作为杨太真在仙山上的侍女名。“汉家天子使”，借指唐玄宗之使，指方士。

㉔“揽衣”八句，言杨太真（贵妃）急于见汉家使者（方士）而来不及梳妆。“揽衣”，披衣。“珠箔”，珠帘。“屏”，屏风。“迤逦开”，接连不断地敞开。“新睡觉（jué）”，刚刚睡醒。“阑干”，流泪的样子。

以上是第四段，写道士在仙山见到杨贵妃。

㉕“含情”四句，写太真告诉方士之语。“凝睇”，凝视。“谢君王”，告诉君王李隆基。谢，告诉。“昭阳殿”，汉宫殿名，汉成帝妃赵飞燕曾居于此，这里借指唐宫。“蓬莱宫”，传说中海上神山之宫殿，这里指杨妃所住之仙境。“昭阳”两句，有仙凡对照之意。

㉖“回头”八句，写贵妃托方士寄钿合金钗。“钿合”，用黄金珠宝嵌成花纹的盒子。一说钿合系首饰名。“钗”，别在发髻上的一种首饰，由两股簪子合成。“寄将去”，请托捎去。“钗留一股合一扇”，钗有两股，合有两扇（上下扇），故各寄一半，留一半。“擘”，分开。

㉗“临别”六句，写太真重申她与玄宗之密誓。“长生殿”，在骊山华清宫内，天宝元年建造，自天宝六载（747）朝元阁启用后，长生殿集灵台的祀神功能移至朝元阁，长生殿就成为寝殿。“在天”“在地”两

句，写玄宗、杨妃当年在长生殿的誓词。“比翼鸟”，雌雄相比而飞的鸟。“连理枝”，两棵树枝连在一起，比喻恩爱的夫妻。

㉘ 结尾两句，极言生离死别之恨难消。

以上是第五段，以杨妃之语，点明“长恨”。

## 观刈麦[①]

田家少闲月，五月人倍忙。夜来南风起，小麦覆陇黄。
妇姑荷箪食，童稚携壶浆[②]。相随饷田去，丁壮在南冈[③]。
足蒸暑土气，背灼炎天光。力尽不知热，但惜夏日长[④]。
复有贫妇人，抱子在其旁。右手秉遗穗[⑤]，左臂悬敝筐。
听其相顾言，闻者为悲伤。家田输税尽[⑥]，拾此充饥肠。
今我何功德？曾不事农桑。吏禄三百石[⑦]，岁晏有馀粮。
念此私自愧，尽日不能忘。

① 本篇是元和二年（807）白居易作盩厔（今作周至）尉时所作。题下原注：“时为盩厔县尉。”表现了作者对农民苦痛的同情和为吏的自愧。

②“妇姑”，妻子和妹妹。“箪（dān）食”，用圆形苇编器盛的食物。“壶浆”，用壶盛好汤水。

③“饷田”，送饭到田地里给劳动的人吃。“丁壮”，指成年的男子。丁，壮大。

④ 此四句写尽了割麦之苦。土气蒸足，烈日炙背，非亲历者难尽晓也；“力尽不知热，但惜夏日长”，更言龙口夺食之艰辛也。

⑤“秉遗穗”，指拾麦穗。秉，拿着，握着。

⑥“家田”句，自家田地的出产全部纳了税。

⑦“吏禄”两句，言作者俸禄之优。“三百石（shí）”，在汉代指县尉的一年的俸禄，古代官吏的俸禄至汉而正规化。官的大小和俸禄（级别）以“石”表示，白居易是县尉，从九品，相当于汉代的“三百石”，以汉代而论，三百石月俸四十斛，年俸四百八十斛。至唐代则以货币为主要的俸禄形式。此处系借用成说。

## 县南花下醉中留刘五[①]

百岁几回同酩酊，一年今日最芳菲。愿将花赠天台女，留取刘郎到夜归[②]。

①“县”，指盩厔（今作周至）县。“刘五”，排行第五，名不详。

② 这两句写对刘五的挽留。“天台女”，相传东汉永平年间，剡县人刘晨和阮肇到天台山采药迷路，遇到两个仙女，半年后回家，子孙已过七代。后诗文常以刘阮入天台为题材。此处以刘晨代刘五。

## 宿紫阁山北村[①]

晨游紫阁峰，暮宿山下村。村老见余喜，为余开一尊[②]。
举杯未及饮，暴卒来入门[③]。紫衣挟刀斧，草草十馀人[④]。
夺我席上酒，掣我盘中飧[⑤]。主人退后立，敛手反如宾[⑥]。
中庭有奇树，种来三十春。主人惜不得，持斧断其根。
口称采造家，身属神策军[⑦]。主人慎勿语，中尉正承恩[⑧]！

① 此诗系元和四年（809）作者任左拾遗时所作。唐代中叶以后，皇帝为更直接掌握军权，遂派遣亲信宦官去充任军队的监军或将领。至德宗时，又设左右神策军（禁卫军）护军中尉，由亲信宦官担任。中尉应劫而生，鼠变虎矣。对人民欺压，气焰嚣张；对军队控制，大权独揽；即使是对皇帝本人，也由驯顺而变化为决定废立，后来连皇帝的生死也在他们的掌握之中。这首诗，也就是白居易《与元九书》所言："闻仆《宿紫阁村》诗，则握军要者切齿矣。""紫阁山"，为终南之著名山峰，"旭日射之，烂然而紫，其峰上耸，若楼阁然"。故名。在今陕西省西安市鄠邑区东南三十里处。

②"开一尊"，设酒招待。"尊"，同"樽"，盛酒之器。

③"暴卒"，横暴之卒。

④"紫衣"，此处是指唐低级官吏的粗紫布服色而言。"草草"，乱纷纷。

⑤"掣（chè）"，取。"飧（sūn）"，晚饭。

⑥"敛手"，叉手、拱手，即交叉双手拱于胸前，以示恭敬。

⑦"口称"二句，是暴卒言自己的来头。"采造家"，采伐木材，为官家营造建筑的机构（人）。宪宗时，因土木工程人力不足，临时调遣神策军予以协助，故云"采造家"。"神策军"，《旧唐书·职官志三》："（德宗）贞元中，特置神策军护军中尉，以中官宦官为之，时号两军中尉。贞元以后，中尉之权倾于天下，人主废立，皆出其可否。"作为皇帝禁卫军的左右神策军，归当时中官管领。作此诗时，最有权势的宦官是吐突承璀，任左神策军护军中尉。白居易曾有《论承璀职状》，反对其兼充"诸军行营招讨处置使"（各路军统帅），诗中的"中尉"，可能就是指吐突承璀。

⑧ 最后两句，是作者劝告主人不要说什么，因为中尉深受皇帝信任，故招惹不起。

# 西原晚望[1]

花菊引闲行，行上西原路。原上晚无人，因高聊四顾。南阡有烟火，北陌连墟墓[2]。村邻何萧疏[3]，近者犹百步。吾庐在其下，寂寞风日暮。门外转枯蓬，篱根伏寒兔[4]。故园汴水上[5]，离乱不堪去[6]。近岁始移家[7]，飘然此村住。新屋五六间，古槐八九树。便是衰病身，此生终老处。

①唐德宗贞元二十年（804）春，三十三岁的白居易始徙家于秦之下邽义津里金氏村（村在今渭南市临渭区信义镇太上庄村一带），此诗当作于迁于渭上未久时。

②“阡”“陌”，田野中的人行路。南北方向的称“阡”，东西方向的称“陌”。

③“萧疏”，稀少。

④“枯蓬”，冬日蓬蒿干枯根折后，经风而向前翻转滚动。“篱根”，篱笆的根部。

⑤“故园”，家乡。白居易之父白季庚时任徐州别驾，白季庚在徐州为官多年，居符离（徐州属县，地在今安徽宿州）。汴水流经此地，故云。这里是白居易青年时期的家。

⑥“离乱”，当指贞元十五年（799）二月宣武军叛乱，以及十六年五月徐州叛乱等事。“去”，赴，往。

⑦“近岁”两句，是说近年来方移家至关中下邽。据其《泛渭赋·序》：“明年（贞元二十年）春，予为校书郎，始徙家秦中，卜居于渭上。”

## 采地黄者[①]

麦死春不雨，禾损秋早霜[②]。岁晏无口食[③]，田中采地黄。采之将何用，持以易糇粮[④]。凌晨荷锄去，薄暮不盈筐[⑤]。携来朱门家，卖与白面郎[⑥]。与君啖肥马，可使照地光[⑦]。愿易马残粟，救此苦饥肠[⑧]。

①元和六年（811），白居易因母亲去世，离开官场，回家居丧，退居于下邽县渭村，长达四年。这首诗约为元和七年丁忧渭村时所作。诗中对采地黄卖与富人喂马而“易马残粟”的贫苦农民表示同情。“地黄”，玄参科植物名，根可入药，有滋补效能。

②这两句说，因干旱与早霜而使夏秋庄稼皆歉收。“禾”，庄稼。此处指秋禾。“损”，受灾，因秋霜过早，禾尚未成熟，故造成减产。

③“岁晏”，岁晚，年尾。“口食”，口粮。

④“易糇粮”，换粮食吃。糇，干粮。

⑤“凌晨”，天快亮时。“荷（hè）”，动词，肩扛。“薄暮”，傍晚。

⑥“白面郎”，富贵人家的子弟。

⑦“啖（dàn）”，喂。这两句是说，将地黄这种滋补之物与君喂肥马，使它的皮毛润泽亮光，光照地面。

⑧“马残粟”，马吃后剩下的饲料。“苦饥肠”，饿得难过的肚肠。

## 村居苦寒[①]

八年十二月[②]，五日雪纷纷。竹柏皆冻死，况彼无衣民。

回观村闾间[3]，十室八九贫。北风利如剑，布絮不蔽身。唯烧蒿棘火[4]，愁坐夜待晨。乃知大寒岁，农者尤苦辛。顾我当此日，草堂深掩门。褐裘覆絁被[5]，坐卧有馀温。幸免饥冻苦，又无垄亩勤[6]。念彼深可愧，自问是何人[7]。

① 元和六年至九年（811—814），白居易丁忧渭村。此诗系居渭村时所作。

②“八年”指元和八年（813）。

③“回观”，言周遍之意。“村闾”，村落，里居，引申为居住。

④“蒿棘”，野蒿和荆棘，泛指紫草。

⑤“褐裘”，黄黑色的皮袍。褐，黄黑色。裘，皮袍。“絁（shī）被”，粗绸被面，代指被子。

⑥“垄亩勤”，在田间从事体力劳动的辛苦。

⑦“念彼”句，是说想到上述农者自己就心生愧意。“自问”句是说自己是何人，竟能不受饥寒之苦。

## 新乐府（选四首）

### 新丰折臂翁　戒边功也[1]

新丰老翁八十八，头鬓眉须皆似雪。玄孙扶向店前行，左臂凭肩右臂折。问翁臂折来几年，兼问致折何因缘。翁云贯属新丰县[2]，生逢圣代无征战。惯听梨园歌管声，不识旗枪与弓箭。无何天宝大征兵[3]，户有三丁点一丁。

点得驱将何处去，五月万里云南行[4]。闻道云南有泸水[5]，椒花落时瘴烟起。大军徒涉水如汤[6]，未过十人二三死[7]。村南村北哭声哀，儿别爷娘夫别妻。皆云前后征蛮者，千万人行无一回。是时翁年二十四，兵部牒中有名字[8]。夜深不敢使人知，偷将大石捶折臂。张弓簸旗俱不堪[9]，从兹始免征云南。骨碎筋伤非不苦，且图拣退归乡土。此臂折来六十年，一肢虽废一身全。至今风雨阴寒夜，直到天明痛不眠。痛不眠，终不悔，且喜老身今独在。不然当时泸水头，身死魂孤骨不收。应作云南望乡鬼，万人冢上哭呦呦[10]。老人言，君听取。君不闻开元宰相宋开府，不赏边功防黩武[11]。又不闻天宝宰相杨国忠，欲求恩幸立边功[12]。边功未立生人怨，请问新丰折臂翁。

①《新乐府》自序云："凡九千二百五十二言，断为五十篇，篇无定句，句无定字，系于意不系于文。首句标其目，卒章显其志，《诗三百》之意也。其辞质而径，欲见之者易喻也。其言直而切，欲闻之深戒也。其事覈（hé）而实，使采之者传信也。其体顺而肆，可以播于乐章歌曲也。总而言之，为君、为臣、为民、为物、为事而作，不为文而作也。"这一组诗于元和四年（809）作于左拾遗任上，揭露时弊，非一端也。目的是使执政柄者握军要者知所改革，以减轻生民之病痛。既尽拾遗之责，又伸"兼济"之志。正见其"欲开壅蔽达人情，先向诗歌求讽刺"之初衷。该诗是《新乐府》五十首中的第五首，意欲"戒边功也"。是对天宝年间杨国忠为求恩幸、立边功而发动南诏战争的谴责。这次战争，直接间接死亡近二十万人。这首诗中写了一

位老翁当年为逃避兵役而以石捶折臂膀的惨痛故事。“新丰”，见上官婉儿《驾幸新丰温泉宫献诗三首》注①。

②“贯”，籍贯。

③“无何”，没过多久。

④“云南行”，去云南征战。南诏国地在云岭之南，故云。

⑤“泸水”，唐时指金沙江，即长江流经云南的部分。

⑥“大军”，指唐王朝派去的军队。“水如汤”，言水温极热。

⑦“未过”句，是说因染泸水的瘴毒，军队未曾到达泸水对岸，死者即达十之二三。“过”，一作“战”。

⑧ 当时的征兵制度，被征者的名册由兵部掌握。“牒”，指应征者之名册。

⑨“簸旗”，摇旗。“不堪”，不能。

⑩“万人冢”，作者原注：“云南有万人冢，鲜于仲通、李密（当为宓）曾覆军之所也。”

⑪“开元宰相宋开府”，指开元间任宰相的宋璟。后来宋璟改授开府仪同三司，人称“宋开府”。他为了和唐周围各族和睦相处，故不赏边功，就在于防止边将滥用武力。“黩武”，滥用兵力，好战。

⑫ 这两句是说，天宝年间，杨国忠欲求恩幸而发动了对南诏的战争。作者原注：“天宝末，杨国忠为相，重构阁罗凤（南诏国王）之役，募人讨之，前后发二十馀万众，去无返者。”

## 杜陵叟　伤农夫之困也①

杜陵叟，杜陵居，岁种薄田一顷馀。三月无雨旱风起，麦苗不秀多黄死②。九月降霜秋早寒，禾穗未熟皆青干。

长吏明知不申破[3]，急敛暴征求考课[4]。典桑卖地纳官租，明年衣食将何如？剥我身上帛，夺我口中粟。虐人害物即豺狼，何必钩爪锯牙食人肉[5]？不知何人奏皇帝，帝心恻隐知人弊[6]。白麻纸上书德音，京畿尽放今年税[7]。昨日里胥方到门，手持尺牒牓乡村。十家租税九家毕，虚受吾君蠲免恩[8]。

① 该诗是《新乐府》五十首中的第三十首。“杜陵”，地名，在今陕西西安市东南，本名杜原，因汉宣帝在此筑陵，改名杜陵。元和四年，长江流域和关中大旱，李绛、白居易上疏请免除当地农民赋税，宪宗虽有免税之诏令，而那些贪暴官吏依然暴征急敛，农民并没有得到免交的幸运，本篇即为此作不平之鸣。

②“不秀”，指小麦未扬花。

③“不申破”，不向上级呈报旱灾的真相。

④“求考课”，完成税收任务，以求考绩优胜。“考课”，考验官吏成绩曰考课。

⑤ 这两句说，虐人害物的贪官污吏，等同豺狼。诚然，豺狼有钩之爪、锯之牙，而钩爪锯牙食人肉的人，更甚于豺狼也。

⑥“恻隐”，同情。“弊”，疲困。

⑦ 这两句是说，皇帝下了免除赋税的诏令。“白麻纸”，指书写皇帝重要诏命之公文用纸。唐制，皇帝的重要诏令以白麻纸书写，皇帝的一般诏命以黄麻纸书写。此处用白麻纸，以示免除税赋“德音”之重要。“德音”，唐代皇帝诏书的一种，即“恩诏”，多半有关免租、舍罪等事。“京畿”，国都及其附近的地方。“放”，免除。

⑧ 这四句说，待十之八九缴完租税，里胥方来张贴免除租税的“德音”，

故曰虚受了蠲（juān）免的皇恩。“里胥”，即里正。“尺牒”，指免税的公文。“牓”，张贴。“蠲”，免除。

## 缭绫　念女工之劳也[①]

缭绫缭绫何所似，不似罗绡与纨绮[②]。应似天台山上月明前，四十五尺瀑布泉[③]。中有文章又奇绝，地铺白烟花簇雪[④]。织者何人衣者谁，越溪寒女汉宫姬[⑤]。去年中使宣口敕，天上取样人间织[⑥]。织为云外秋雁行[⑦]，染作江南春水色。广裁衫袖长制裙，金斗熨波刀剪纹[⑧]。异彩奇文相隐映[⑨]，转侧看花花不定。昭阳舞人恩正深，春衣一对直千金[⑩]。汗沾粉污不再著，曳土蹋泥无惜心。缭绫织成费功绩，不比寻常缯与帛[⑪]。丝细缲多女手疼，扎扎千声不盈尺[⑫]。昭阳殿里歌舞人，若见织时应也惜[⑬]。

①该诗是《新乐府》五十首中的第三十一首。“缭绫”，是一种十分珍贵的高级丝织品。制作极费工力。制作者“越溪女”，“扎扎千声不盈尺”；而享用者“昭阳舞人”，“曳土蹋泥无惜心”。通过这样强烈的对比，揭露了统治者的荒淫奢侈。

②“罗绡”，精细的生丝制品。“纨绮”，轻细有花纹的熟丝织品。

③“天台山”，在今浙江天台县北，是越地名山。山上有“石梁飞瀑”，负有盛名。“四十五尺瀑布泉”，兼写瀑布的下垂和一匹缭绫的长度。缭绫产于“越溪”，故以天台山月明瀑布作比。

④“文章”，错杂的色彩或花纹。古以青与赤相配合为文，赤与白相配合

为章。此处指缭绫的花纹。“地”，底子。“花簇雪”，言花纹如簇聚的白雪。“簇雪”与“铺烟”相对。

⑤“越溪”，在今浙江绍兴南，相传西施曾在溪上浣纱。这里指女工的所在地。“汉宫姬”，以汉代唐，指唐宫中美人。“姬”，宫中美人。

⑥“中使”，帝王宫中派出的使者，多由宦官担任。“宣口敕”，宣布皇帝的口头命令。“天上”，比喻皇宫。“样”，标准样品。“人间”，民间织缭绫之地。

⑦“秋雁行（háng）”，指所织缭绫的花样。行，行列。

⑧“金斗”，精美的熨斗。

⑨“相隐映”，因光线反射，文采时隐时现，闪烁不定。

⑩“昭阳”，汉宫殿名，此处代指唐宫。“恩正深”，正受着皇帝的宠爱。“直”，同“值”。

⑪“缯与帛”，普通丝绸的名称。

⑫“缲”，出茧抽丝。亦作“缫”。

⑬“扎（zhā）扎”，象声词，形容织机发出的声音。

## 卖炭翁　苦官市也[①]

卖炭翁，伐薪烧炭南山中[②]。满面尘灰烟火色，两鬓苍苍十指黑。卖炭得钱何所营[③]？身上衣裳口中食。可怜身上衣正单，心忧炭贱愿天寒[④]。夜来城上一尺雪，晓驾炭车辗冰辙。牛困人饥日已高，市南门外泥中歇[⑤]。翩翩两骑来是谁，黄衣使者白衫儿[⑥]。手把文书口称敕，回车叱牛牵向北[⑦]。一车炭，千馀斤，官使驱将惜不得。半匹红纱一丈绫，系向牛头充炭直[⑧]。

① 该诗是《新乐府》五十首中的第三十二首。“官”，一作“宫”。所谓官市（宫市），就是宫里需要的物品，以极低的价格向市场购买，实际上是公开掠夺人民资财的无耻行为。德宗时，此情势已很严重，宫中日用所需，不需官府承办，而是直接向民间采购，由宦官专管其事。设“白望”几百人于闹市及热闹街坊，看到所需之物，就口称“宫市”，以极低之价强予买之，有时甚至强而夺之。韩愈《顺宗实录》中，曾怒斥道：“名为宫市，其实夺之。”可与此诗相参读。

②“南山”，指终南山。长安距东西横亘的终南山最近处仅四五十里。

③“何所营”，做什么用。

④ 这两句不可轻易放过，它真切反映了卖炭翁复杂矛盾之心理。《观刈麦》中句：“足蒸暑土气，背灼炎天光。力尽不知热，但惜夏日长。”与此正异曲而同工，皆悯农之至言也。

⑤“市南门”，长安城南门有三，自东而西，为启夏门、明德门和安化门。此指其中的一门之外。

⑥“黄衣使者”，指太监。“白衫儿”，指无品级的宦官。唐代宦官中，品级高者衣黄，无品级者衣白。“翩翩两骑”，一作“两骑翩翩”。

⑦ 这两句是说宦官强行买卖。“手把”句，是说文书上所写的正是皇帝的命令。“敕”，皇帝的诏令。“牵向北”，大明宫在长安城北，买炭地在南门之外，故云叱牛车牵向北面而去。

⑧“炭直”，炭的价钱。“直”，同“值”。在唐代，绢、帛等丝织品可代货币使用。半匹红纱和一丈绫子的价值，远低于一车木炭的价值。此种强取豪夺之行径，作者予以愤怒的斥责。“一车炭”，一本此下有“重”字。

## 下邽庄南桃花[①]

村南无限桃花发，唯我多情独自来[②]。日暮风吹红满地[③]，无人解惜为谁开[④]。

① 此诗作于下邽渭村，见桃花落红，作者顿生惘然之感。

②“多情”，富于感情。

③“红满地”，指桃花花落之多。

④“解惜”，懂得怜惜。

## 旅次华州以赠袁右丞[①]

渭水绿溶溶，华山青崇崇。山水一何丽，君子在其中[②]。才与世会合，物随诚感通[③]。德星降人福[④]，时雨助岁功[⑤]。化行人无讼，囹圄千日空[⑥]。政顺气亦和，黍稷三年丰[⑦]。客自帝城来[⑧]，驱马出关东。爱此一郡人，如见太古风[⑨]。方今天子心，忧人正忡忡。安得天下守，尽得如袁公[⑩]。

①“旅次”，旅途中寄居之所。“华州”，州名。西魏废帝三年（554）改华山郡置。隋大业初废，唐武德初复置。治所在郑县（今陕西省渭南市华州区）。“右丞”，唐属尚书省，总辖兵、刑、工三部之事。

②“君子”，指袁右丞。

③ 这两句写袁右丞才堪用世，诚感于物，乃良吏。“物”，事物的内容实质。

④“德星”，指景星。《史记·天官书》：“天精而见景星。景星者，德星也。其状无常，常出于有道之国。”又《汉书·武帝纪》：“隆下建汉家封禅，天其报德星云。”《索隐》：“德星，岁星也，岁星所在有福，故曰德星也。”此句以德星喻袁右丞为华州人降福也。

⑤“时雨”，及时雨。“岁功”，一年的收成。此句以时雨喻袁右丞带来丰年也。

⑥“化行”，教化之高行。“化”，教育，教化。“讼”，诉讼案件。“囹圄”，监牢。“千日空”，言三年无犯法之人，故牢狱空也。

⑦“黍稷”，高粱和谷子。此处泛指农作物。“三年丰”，与上句之“千日空”，自见袁右丞三年之政绩斐然。

⑧“客”，作者自称，因路过华州，故称“客”。“出关东”，到达潼关函谷关以东的地方。

⑨“郡”，即州，隋废郡存州，旋改州为郡。唐兴，高祖复改郡为州。州郡在唐时互称。如“华州”，在《新唐书·地理志》中，称“华州华阴郡”。“太古风”，太古人的风度。即淳朴之风。

⑩“忡忡”，忧愁的样子。“守”，太守，刺史的别称。二句以袁公作则，见钦佩欢欣之情也。

## 渭上偶钓[①]

渭水如镜色，中有鲤与鲂。偶持一竿竹，悬钓在其傍。
微风吹钓丝，袅袅十尺长。谁知对鱼坐，心在无何乡[②]。
昔有白头人，亦钓此渭阳。钓人不钓鱼，七十得文王[③]。
况我垂钓意，人鱼又兼忘。无机两不得[④]，但弄秋水光。
兴尽钓亦罢，归来饮我觞。

① 此诗亦是作者在渭村时所作，写了垂钓之闲适，以姜太公事切入，增加了不少意趣。

②“心在句”，是说心中什么事情都没有。“无何”，没有什么。

③“昔有”四句，写吕尚垂钓渭阳遇文王事。“白头人”，指吕尚。传说他在八十岁时在渭水垂钓十年，与周文王相遇。九十岁辅佐文王，按此传说，文中“七十”当为“九十”。“钓人”，言吕尚以待识己之君王而积极用世也。

④“无机”，没有心意。机，心计，心意。

## 秋游原上[①]

七月行已半，早凉天气清。清晨起巾栉，徐步出柴荆[②]。露杖筇竹冷，风襟越蕉轻[③]。闲携弟侄辈，同上秋原行。新枣未全赤，晚瓜有馀馨。依依田家叟，设此相逢迎。自我到此村，往来白发生。村中相识久，老幼皆有情。留连向暮归，树树风蝉声。是时新雨足，禾黍夹道青。见此令人饱，何必待西成[④]。

① 此诗系作者在渭村（即金氏村）时所作，表达了闲适之情。与村人之睦，见禾黍之乐，亦洋溢其间。

②“巾栉（zhì）”，巾用以拭手，栉用以梳发，巾栉指洗沐用具。代指梳洗。“柴荆”，柴门。

③“露”，露水。“筇（qióng）竹”，竹名。可以作手杖。“越蕉”，越地蕉布制成的衣服。蕉布，用芭蕉纤维织成的布。

④“饱”，喻满足。“西成”，指秋禾成熟。西方在五行中属金，于时为秋，故云。

## 观稼[1]

世役不我牵[2]，身心常自若。晚出看田亩，闲行旁村落。
累累绕场稼，啧啧群飞雀[3]。年丰岂独人，禽鸟声亦乐。
田翁逢我喜，默起具尊杓[4]。敛手笑相延，社酒有残酌[5]。
愧兹勤且敬，藜杖为淹泊[6]。言动任天真，未觉农人恶。
停杯问生事，夫种妻儿获。筋力苦疲劳，衣食常单薄。
自惭禄仕者，曾不营农作。饥食无所劳，何殊卫人鹤[7]。

①此诗亦系作者在渭村时所作，自见观稼之乐、田翁之淳。而以“自惭”作结，与《观刈麦》结句同调，高德寓于其中。

②“世役”，人世间的事务。

③“累累”句，指秋稼收获后堆积在打谷场的四周。“啧啧”，鸟鸣声。

④“尊杓”，舀酒的勺子。

⑤“社”，社日。此当指秋社，秋社日在秋分前后。

⑥“藜杖”，用藜的老茎制成的手杖。藜，草名，俗名红心灰藋。茎老可作杖。“淹泊”，滞留。

⑦“禄仕”，指官职。“卫人鹤”，春秋时卫国国君卫懿公所爱的鹤。《左传·闵公二年》：“狄人伐卫。卫懿公好鹤，鹤有乘轩者。将战，国人受甲者皆曰：‘使鹤，鹤实有禄位，余焉能战。’”此处以卫人鹤自指，言其有禄位。

## 村夜[①]

霜草苍苍虫切切[②]，村南村北行人绝。独出门前望野田，月明荞麦花如雪[③]。

① 此诗亦是作者在渭村时所作。月下荞麦花之美，直是如画。

②“切切”，形容虫鸣的细碎声音。刘方平《夜月》句可参读：“今夜偏知春气暖，虫声新透绿窗纱。”

③“月明”句，荞麦花呈白色，且繁。月光下白茫茫一片，有如白雪，故云。

# 李　涉

李涉，自号青溪子，洛阳（今属河南）人。宪宗朝任太子通事舍人，后贬陕州司仓参军，文宗朝为太学博士，复以事流放南方，浪游桂林。擅长七绝，语言通俗。《全唐诗》编其诗一卷。

## 题温泉[①]

能使时平四十春，开元圣主得贤臣[②]。当时姚宋并燕许，尽是骊山从驾人[③]。

①“温泉”，指温泉宫（后来于天宝六载改为华清宫）。安史乱后，写华清宫的诗中，多将祸因指向玄宗的耽于游乐，李涉则从另一角度观之，祸非游乐，实乃所用奸佞也。可见其独具之慧眼。

②“时平”，时世清平，即天下太平。“四十春”，唐玄宗在位四十五年，此处“四十春”主要指开元（共二十九年）年间。“贤臣”，德才兼备之大臣。

③“姚宋”，即姚崇、宋璟。“燕许”，即张说、苏颋。张说被封为燕国公，苏颋被封为许国公。两人并以文章显世，时号“燕许大手笔”。简称“燕许”。此四人在开元时先后执宰，皆为名相。开元盛世，他们功不可没。“从驾”，陪驾。这两句是说，四位贤臣都是陪同玄宗去华清宫游乐之人。言外之意导致天下大乱，在于所用非人。

## 薛存诚

薛存诚，字资明，河东（今山西运城）人。登贞元进士第。元和末，官至御史中丞。《全唐诗》编其诗十二首。

### 华清宫望幸①

骊岫接新丰，岧峣驾碧空②。凿山开祕殿，隐雾蔽仙宫③。
绛阙犹栖凤④，雕梁尚带虹。温泉曾浴日⑤，华馆旧迎风。
肃穆瞻云辇⑥，深沉闭绮栊⑦。东郊望幸处，瑞气霭濛濛。

①“华清宫”，见卢象《驾幸温泉》注①。“望幸”，希望皇帝亲临。

②“骊岫”，指骊山。“岧峣”，高耸，高峻。“新丰”，初为县名，废后为地名，地在华清宫东北。

③“祕（mì）殿”，指长生殿。“祕”，神。“仙宫”，指华清宫。

④“绛阙”，深红色的宫阙。“阙”，宫门前供瞭望的楼，泛指帝王住所。

⑤“日”，指皇帝。

⑥“辇”，天子的车。

⑦“绮栊”，薰栊。

## 牟　融

牟融，有赠欧阳詹、张籍、韩翃诸人诗，盖贞元、元和间人也。《全唐诗》编其诗一卷。

### 司马迁墓①

落落长才负不羁，中原回首益堪悲②。英雄此日谁能荐，声价当时众所推③。一代高风留异国，百年遗迹剩残碑④。经过词客空惆怅，落日寒烟赋黍离⑤。

① 司马迁是汉代伟大的史学家和文学家，其一生曾遭两次大不幸，一是李陵（字少卿）案，他被处以腐刑；二是任安（字少卿）案，因《报任安书》，他很可能因此而被处死。司马迁是夏阳龙门（今陕西韩

城）人，墓在龙门南四十公里处，即今之韩城芝川镇南原上。今墓为司马迁衣冠冢，系宋元时所建。此诗系为司马迁遭李陵案感怀之作。

② 这两句赞扬司马迁的人品和才华，悲愤司马迁的遭遇。“落落长才”，言大才也。落落，高超不凡貌。“不羁”，才识高远、不受拘束。“益堪悲”，越发悲悯。悲悯之事，一是司马迁为替李陵辩护而触怒汉武帝，遭遇宫刑；二是司马迁在《史记》中实录了武帝的“短处”，被武帝“怒而削之”，很可能因《报任安书》而再度下狱致死。

③ 这两句感慨司马迁，亦有作者怀才不遇之感慨。“英雄”，指司马迁。“荐”，原指献，此指祭奠。“声价”，声名和身份地位。“推”，举荐，尊崇。李陵系名将李广之孙，武帝时任骑都尉。天汉二年（前99）率步兵五千人击匈奴，垂饵虎口，横挑强胡，报效国家，抑匈奴十万之师，所杀过当，后因矢尽道穷，救兵不至，被俘而降。武帝主动问司马迁对李陵事件的看法时，司马迁不随众人一味指斥，而是稍作辩护，竟触怒武帝，而遭宫刑。

④“一代高风”，言李陵横挑强胡的壮举，使匈奴之君长皆震怖。“异国”，指匈奴。“遗迹”，言司马迁坟墓之残败。

⑤“词客”，犹词人。“黍离”，《诗经·王风》有《黍离》篇，《诗·序》谓西周亡后，周大夫过故宗庙宫室，尽为禾黍，彷徨不忍去，乃作此诗。后成为感慨亡国、触景生情或表现世事沧桑巨变之词。

## 雍裕之

雍裕之，贞元后诗人。《全唐诗》编其诗一卷。

## 农家望晴[①]

尝闻秦地西风雨，为问西风早晚回[②]。白发老农如鹤立，麦场高处望云开[③]。

① 麦收是龙口夺食的大忙时节。而此时下雨，麦既不能收割，即便在地里也会生芽。此乃最伤农家之天灾。这首望晴，自见了老农焦虑的心情。

② 秦地西风雨，是自然现象。《唐语林》：“今关西，西风则雨。”“回”，回还。西风回还即无雨。

③“鹤立”，如鹤之企足（踮起脚跟）延颈而立。亦为伫望之意。这两句是说，老农举踵引颈而望，急切盼望天气放晴。

# 鲍　溶

鲍溶，字德源，元和四年（809）进士及第，与韩愈、李正封、孟郊友善，诗风清约。《全唐诗》编其诗三卷。

## 经秦皇墓[①]

左岗青虬盘[②]，右坂白虎踞。谁识此中陵，祖龙藏身处[③]。别为一天地，下入三泉路。珠华翔青鸟，玉影耀白兔[④]。山河一易姓[⑤]，万事随人去。白昼盗开陵，玄冬火焚树。哀哉送死厚，乃为弃身具[⑥]。死者不复知，回看汉文墓[⑦]。

①“秦皇墓”，即秦始皇陵，在骊山下。

②“青虬（qiú）”，青龙。虬，龙子有角者（据《说文》）。

③“祖龙”，祖，始也；龙，人君也，故后世常以祖龙代指秦始皇。

④这四句说，始皇陵以七十万人修之，穿三泉，下铜而致椁，官观、百官、奇器、珍怪，徙臧满之，以水银为百川江河大海，上具天文，下具地理。(《史记·秦始皇本纪》)“青鸟”，西王母的使者。“白兔”，指月亮。

⑤这句是说秦朝被汉朝取代，皇帝也由嬴姓易为刘姓。

⑥这四句说，厚葬乃为弃身之具。原因就是有人盗墓和人为与自然的破坏。“玄冬”，冬季北方色黑，故曰玄冬。

⑦这两句以始皇陵和汉文帝霸陵作对比，意为厚葬何如薄葬。汉文帝刘恒，在历代帝王中以生活俭素称，死葬霸陵。他命令：“治霸陵皆以瓦器，不得以金银铜锡为饰，不治坟，欲为省，毋烦民。”(《史记·文帝本纪》)

## 殷尧藩

殷尧藩，苏州嘉兴（今属浙江）人，元和中登进士第，辟李翱长沙幕府，加监察御史。又尝为永乐令。《全唐诗》编其诗一卷。

### 同州端午①

鹤发垂肩尺许长，离家三十五端阳②。儿童见说深惊讶，却问何方是故乡③。

①“同州”，州名。汉代在冯翊地。北魏时改同州，唐因之，州治在今陕西大荔县。

②“鹤发”，白发。鹤羽白，喻老人之白发。“端阳”，阴历五月初五。亦作“端午”，“重五”。

③言离家三十五载，故儿童见说惊讶。此两句，与贺知章“儿童相见不相识，笑问客从何处来”句异曲而同工。

## 姚　合

姚合（约779—约846），陕州硖石（今河南三门峡市陕州区）人。元和中进士及第，授武功主簿，世称姚武功。敬宗宝历间官监察殿中御史，出为荆、杭二州刺史，后被召入京，任给事中等职，官终秘书少监。喜为五律，刻意求工，诗与贾岛同称。《全唐诗》编其诗七卷。

### 武功县中作三十首（选二首）①

县去帝城远，为官与隐齐②。马随山鹿放，鸡杂野禽栖。
绕舍惟藤架，侵阶是药畦③。更师嵇叔夜，不拟作书题④。

①姚合登元和进士第，调武功主簿（九品），该组诗即为其在武功主簿任上所作。此为第一首。他以大才自命，不屑此职，故诗中有“为官与隐齐”的牢骚。这从“题一作武功县闲居”中亦可看出。“武功”，县名。秦孝公时所置，以山（武功山）为名。今属陕西。

②这两句写其对主簿之职的轻视。武功县在长安西一百馀里，属京兆府，实不足言远。官与隐齐，言官不足道也，寓牢骚意。张籍《寒食夜寄（姚）合》中，即有“贫官多寂寞，不异野人居”之句，亦可见不平之鸣。

③这四句写且官且隐之事。“药畦”，栽植草药的垄田。

④“嵇叔夜”，指三国时魏国文学家、名士嵇康（字叔夜）。他好老庄养性之术，反儒家礼教之繁缛。“作书”，嵇康为魏宗室婿，官中散大夫，由于在政治上拒与掌政的司马氏合作，故其友山涛由选曹郎升迁后，推荐嵇康以代选曹郎，嵇康作《与山巨源（涛）绝交书》予以拒绝，并因此与其绝交。这两句是说，师事嵇康，安贫守拙，不拟对推荐自己的人作书拒绝。再寓牢骚意。“书”一作“诗”。

邻里皆相爱，门开数见过[①]。秋凉送客远，夜静咏诗多。就架题书目，寻栏记药窠[②]。到官无别事，种得满庭莎[③]。

①此为第九首。“邻里”，此处指居处相近的人家。“数（shuò）”，多次，屡次。这两句写与邻里相处亲密。

②“书目”，书籍的标目。“窠（kē）”，植物一株谓之一窠。

③“莎（suō）”，草名，即莎草，其根称香附子，可入药。

## 穷边词二首[①]

将军作镇古汧洲[②]，水腻山春节气柔。清夜满城丝管散，行人不信是边头[③]。

①“穷边”，边疆尽头。古汧州作了边疆是安史乱后吐蕃乘虚而入造成的现实，尽管都是赞扬守将，亦现出无有边尘之象，但距长安只六七百里便作了边疆，还有多少大国气象？故诗中的“升平”云云，读之也只能是含泪的微笑而已。

②“作镇”，指掌握一方兵权的军事长官。“汧（qiān）洲”，洲，应作“州”，地在今陕西千阳及陇县一带。“城”，指汧州州治汧阳（今作千阳，属陕西）。

③“边头”，边疆。

箭利弓调四镇兵①，蕃人不敢近东行。沿边千里浑无事，唯见平安火入城②。

①“四镇”，指朔方、泾原、陇右、河东四节度。

②这两句写边民举火入城，以示平安无事。“平安火”，唐代边塞之地大约隔三十里设一烽火报警点，每日初夜，放烟一炬，称为平安火。

## 李甘

李甘，字和鼎，长庆末进士擢第。大和中，官侍御史，贬封州司马。《全唐诗》编其诗一首。

## 九成宫①

中原无鹿海无波②，凤辇鸾旗出幸多③。今日故宫归寂寞④，太平功业在山河⑤。

①“九成宫”，唐宫名，地在今陕西麟游县西。本隋仁寿宫，唐太宗贞观五年（631）重修，为避暑之所。以山有九重，改名九成。太宗、高宗曾多次去此处避暑，继唐玄宗之后，因皇帝未曾驾临而冷落，唐末毁于洪水。本篇就是对晚唐衰败颓世的感慨。题一作《华清宫》。

②“中原”句，形容海晏河清，天下太平。“无鹿”，无有竞争天下之战争。“鹿”，此处意指“逐鹿”。《史记·淮阴侯列传》：“（蒯通）对曰：‘秦失其鹿，天下共逐之，于是高材捷足者先得焉。’”后因称国家分裂之时，竞争天下为逐鹿。“海无波”，沧海无波，形容国内安定，天下太平。

③“凤辇”，帝王之车。因其车顶绘有金凤图案，故曰凤辇。“鸾旗”，天子车上之旗，赤色，编以羽毛，上绣鸾（luán）鸟。“出幸多”，去九成宫次数多。“幸”，古代称皇帝亲临为幸。此句言盛世之时。

④“故宫”，指九成宫。“寂寞”，孤单冷清。这句是说，今日天下不宁，皇帝不能到此，故而宫显“寂寞”。此句言衰世之时。

⑤“太平”句，是说煌煌太宗业，延续了很长时间，表现出作者对太平盛世的向往和追怀。诗中的“出幸多”“归寂寞”，寓有诸多感慨。

# 张　祜

张祜（？—849后），字承吉，南阳（今属河南）人，一作清河（今属河北）人。令狐楚表荐之，不报，为处士终身，以宫诗著称。《全唐诗》编其诗两卷。

## 晚秋潼关西门作

日落寒郊烟物清①，古槐阴黑少人行②。关门西去华山色，秦地东来河水声③。

①“寒郊”，深秋的郊野。

②“古槐阴黑”，槐叶落后，槐树本身颜色阴黑。

③“秦地”，潼关在春秋战国时属于秦，故云。“河”，指黄河。

## 集灵台二首

日光斜照集灵台①，红树花迎晓露开。昨夜上皇新授箓，太真含笑入帘来②。

①“集灵台”，与长生殿相毗邻，在华清宫中骊山上，以祀神。

②“上皇”，太上皇，指玄宗。玄宗内禅皇位与其子李亨（肃宗），故称太上皇，是在杨妃死后。此处系代称。“新授箓”，意即受玄宗恩宠。“箓”，道教的秘文秘录。“太真”，指杨贵妃。杨妃为道士时号太真，

住大明宫内太真宫。其必先受箓而后方能入帘受宠。这两句的意思是，上皇开始恩宠杨贵妃，故而贵妃含笑入帘来。

虢国夫人承主恩①，平明骑马入宫门②。却嫌脂粉污颜色，淡扫蛾眉朝至尊③。

①“虢国夫人”，杨贵妃三姐的封号，嫁裴家。“承主恩”，言虢国夫人与杨妃（还有另两个姐妹即大姐韩国夫人、八姐秦国夫人）“并承恩泽，出入宫掖，势倾天下”。这首诗透露了虢国与玄宗之间的隐私，以及杨氏得宠的气焰，语委婉而讽意深。

②“平明”，天刚亮时。

③这两句说，她天刚亮时去见玄宗，因嫌脂粉污了她绝伦的美貌，只是稍稍描眉而已。乐史《太真外传》：“虢国不施脂粉，自炫美艳，常素面朝天。”“淡扫”，画眉。

## 马嵬坡①

旌旗不整奈君何，南去人稀北去多②。尘土已残香粉艳，荔枝犹到马嵬坡③。

①“马嵬”，地名，在今陕西省兴平市西，马嵬坡下有马嵬驿。玄宗奔蜀时，在此曾发生诛“贼本”杨贵妃的事变。

②马嵬驿事变后，玄宗南下奔蜀，而太子李亨（即后来的肃宗）接受扈从李辅国的献策，“请分兵北如朔方，以图复兴”，后在灵武（今属宁

夏）称帝。“南去人稀”，言随玄宗之人稀少。“北去多”，言随太子之人众多。

③ 这两句是说，马嵬坡前，贵妃已死，而为贵妃送荔枝的专使不知此事，犹驰马而来。语含婉讽。

## 入潼关

都城三百里①，雄险此回环②。地势遥尊岳，河流侧让关③。秦皇曾虎视，汉祖昔龙颜④。何处枭凶辈，干戈自不闲⑤。

①“都城”，指国都长安。“三百里”，指潼关到长安的距离。“三百里”，一作“连二百”。

② 这句说华山和黄河在潼关环绕。“雄险”，指华山和黄河。华山雄，黄河险。“环”，环绕。

③“岳”，指西岳华山。“河流”句，意谓就连黄河都要避让潼关。“河”，指黄河。“关”，指潼关。

④“秦皇”，指秦始皇。“虎视”，如虎之雄视。“汉祖”，指汉高祖刘邦。“龙颜”，谓眉骨圆起，《史记·高祖本纪》：“高祖为人，隆准而龙颜。”后因称皇帝的容貌为龙颜。这两句写秦始皇和汉高祖都知道潼关的重要性。

⑤“枭凶辈”，指中唐时向朝廷闹独立的藩镇。“干戈”，干与戈，皆武器，代指战争。这两句见作者对藩镇割据的厌恶和对时局的关心。

## 杜　牧

杜牧（803—约852），字牧之，京兆万年（今陕西西安）人，大和进士，曾为黄、池、睦州等州刺史，后入朝任司勋员外郎、中书舍人等职，有《樊川文集》。杜牧刚正有奇节，敢论列大事，指陈时弊，企求恢复唐帝国昔日的繁荣昌盛，自称“平生五色线，愿补舜衣裳”，然势已难为，故理想必然落空。其诗文以意为主，以气为辅，诗情豪迈，语率惊人，识者以拟杜甫，故称“大杜”“小杜”以别之。与李商隐并称“小李杜”。其诗追求高绝，在晚唐浮浅轻靡的诗风之外，独树一帜，古体诗流丽之中骨气遒劲，近体诗俊爽之中味永趣长。《全唐诗》编其诗八卷。

### 过华清宫绝句三首①

长安回望绣成堆②，山顶千门次第开③。一骑红尘妃子笑，无人知是荔枝来④。

①“华清宫”，见卢象《驾幸温泉》注①。杨贵妃入宫尤其是被册立后，玄宗冬季常偕贵妃到华清宫，居住时间两月左右，“耽乐而忘返”。

② 这句是说从长安回望，骊山上绣色成堆。骊山有东、西绣岭，林木，花卉，更有依东、西绣岭而建的华清宫，各显其秀，故云“绣成堆”。

③“次第开”，犹言（宫门）依次打开。

④ 这两句说，驿马飞驰，看不清楚所载之物，唯有杨妃见之而笑，因为她所喜食的荔枝送到了。《新唐书・杨贵妃传》：“妃嗜荔枝，必欲生

致之，乃置骑传送，走数千里，味未变，已至京师。”“一骑”，一人一马谓之骑。因驱马飞驰传送荔枝的驿吏身着朱衣，身后扬起尘土，故曰“红尘”。曹松《及第敕下献座主杜侍郎》句：“门前送敕朱衣吏”，可证当时小吏着衣的颜色。一些注本将“红尘”解释为“红色的尘土”，不确。此地无红土，而是黄土，该组诗第二首第一句“新丰绿树起黄埃”可证也。吴乔《围炉诗话》中评此诗：“诗贵有含蓄不尽之意。尤以不著意见声色故事议论者为上。”可谓的评。屈超耘先生认为“红”指马，亦附记于此。

## 二

新丰绿树起黄埃①，数骑渔阳探使回②。霓裳一曲千峰上，舞破中原始下来③。

①“新丰”，见上官婉儿《驾幸新丰温泉宫献诗三首》注①。此句言，“新丰绿树”，位在华清宫东北方也，“起黄埃”，探使驰马回也。

② 原注：“帝使中使璆琳探禄山反否，璆琳受禄山金，言禄山不反。”“探使”，指璆琳一行。天宝后期，当安禄山谋逆之状已毕露，两宰相极言安禄山反状，玄宗不听，秋七月，遂派中使璆琳探之。

③ 这两句说，玄宗耽于逸乐，直至安禄山攻破中原，方才无奈罢去歌舞，下了骊山。

三

万国笙歌醉太平[1]，倚天楼殿月分明。云中乱拍禄山舞，风过重峦下笑声[2]。

①“万国”，指天下各国。天宝后期，玄宗每年在华清宫居住长达两月左右，各国的使节也到那里朝贺，醉太平的歌舞自然有万国笙歌。

②“乱拍禄山舞”，《旧唐书·安禄山传》记载，安禄山体重三百三十斤，但能在玄宗前作《胡旋舞》，其“疾如风”。“乱拍”，指安禄山跳舞，观看的官人以拍掌表示节拍，因舞的节奏变快，拍乱了。“下笑声”，因风将笙歌舞太平的笑声吹送山下。下，落下。

## 许 浑

许浑，字用晦，一作仲晦，润州丹阳（今属江苏）人。大和六年（832）进士及第，官虞部员外郎，转睦、郢二州刺史。其诗长于律体，句法圆稳工整。当时颇为杜牧、韦庄等所重。亦被陆游推为晚唐的“杰作”。清代田雯又云：“诗律之熟，无如浑者……七言拗句亦自挺拔，兼饶风致。”然缺乏精辟警策，故清代李重华评之曰：“格甚凝练，气未深厚。”《全唐诗》编其诗十一卷。

## 秋日赴阙题潼关驿楼[①]

红叶晚萧萧，长亭酒一瓢。残云归太华，疏雨过中条[②]。树色随关迥[③]，河声入海遥。帝乡明日到，犹自梦渔樵[④]。

①“阙”，官门前的望楼，此处代指京城长安。“潼关”，关名。在今陕西省潼关县。

②“太华（huà）”，太华山，即华山。“中条”，即中条山。在今山西省永济市境，因处于太行山与华山之中，故名。

③“迥”，远。

④“帝乡”，指京城长安。“梦渔樵”，梦想过去的渔樵生活，也符合其爱林泉的生活情趣。

## 秋日行次关西[①]

金风荡天地[②]，关西群木凋。早霜鸡喔喔，残月马萧萧。紫陌秦山近，青枫楚树遥[③]。还同长卿志，题字满河桥[④]。

① 此诗是作者秋日经行潼关之西所作。“次”，止，停留。

②“金风”，秋风。

③“紫陌”，指帝都郊外的道路，距都城百里谓之郊，关西近都城，故云。“楚树遥”，作者因由楚入秦，故觉楚树距离遥远。

④“长卿”，指西汉著名文人司马相如（字长卿）。这句是说，自己同司马相如有共同的兴趣。

## 村舍[1]

燕雁下秋塘，田家自此忙。移蔬通远水，收果待繁霜。野碓舂粳滑[2]，山厨焙茗香。客来还有酒，随事宿茅堂。

①题一作《送从兄归隐蓝溪第三首》。

②“碓（duì）”，舂（chōng）米用具。“舂”，把东西放在石臼或乳钵中捣去皮壳或捣碎。“粳（jīng）”，不黏的稻米。

## 咸阳城东楼[1]

一上高城万里愁，蒹葭杨柳似汀洲[2]。溪云初起日沉阁，山雨欲来风满楼[3]。鸟下绿芜秦苑夕，蝉鸣黄叶汉宫秋[4]。行人莫问当年事，故国东来渭水流[5]。

① 题一作《咸阳城西楼晚眺》。“咸阳”，秦与汉初都城，在唐代隔渭水与长安相望，旧址在今咸阳渭城区东郊窑店街办一带，距今之咸阳主城区十三公里。这首诗是诗人秋日登咸阳城东楼远眺时所抒的感慨。

②“万里愁”，即言满目皆愁。许浑诗集中，“万里愁”凡三见。一曰“知君万里愁”，一曰“三湘万里愁”，一曰“一上高城万里愁”。以本篇而论，所“愁”之“当年事”很可能与故乡有关。诗人本贯润州丹阳（今属江苏），与咸阳相隔两千馀里，故用夸大的口吻说“万里”，自见愁怀之深重也。“蒹葭”，芦苇一类的植物。“汀洲”，水中之小洲。诗人登城一望秦中河湄风物，而类似江南。故此“汀洲”，

似专指诗人怀想中的某一汀洲。

③“溪”“阁”，作者自注：“南近磻溪，西对慈福寺阁。”“日沉阁”，夕阳西下，隐没于慈福寺阁之后。“山雨欲来风满楼”，因云因风，故感知雨势之迫，这句写暴风雨来临前之征兆，形象而准确，借神来之笔，而铸成千古名句。

④“秦苑”“汉宫”，《旧唐书·地理志一》：“秦之咸阳，汉之长安也，隋开皇二年，自汉长安故城东南移二十里置新都，今京师是也。”“禁苑，在皇城北。……西连故长安城，南连京城，北枕渭水。苑内离宫、亭、观二十四所。汉长安故城东西十三里，亦隶苑中。”这两句写禁苑中秋色之凄凉。当时汉未央宫尚存，故有汉宫之说。“芜”，繁茂的杂草。

⑤这两句点出“万里之愁”。“行人”，旅人，此处系诗人自指。“当年事”，指身家之事。“故国”，故乡。承“万里”而言。因诗人家在丹阳，故曰“东”。“来”，语助。“故国东”，言愁事未了，难遂愿也；“渭水流”，言力所不逮，徒感喟也。一些注本以为此两句乃感叹社会变迁，“当年事”乃是指秦汉的灭亡，恐不确。因为如此解释，则“愁”当是“千古”，而非“万里”，“汀洲”“故国”也无着落。请读者诸君明辨之。

## 献鄜坊丘常侍①

诏选将军护北戎，身骑白马臂彤弓②。柳营远识金貂贵，榆塞遥知玉帐雄③。秋槛鼓鼙惊朔雪，晓阶旗纛起边风④。蓬莱每望平安火，应奏班超定远功⑤。

①唐肃宗上元三年（762）正月，以党项不靖，而分邠宁置鄜坊节度。党项系我国古代少数民族，属于汉西羌的一支，后渐趋强大，安史乱后，逐渐向东北迁移至今甘肃宁夏一带。“鄜坊”，此处指鄜（州）坊（州）节度，治坊州（即今陕西黄陵县）。节度，官名，为领兵之官，节制一方。“常侍”，官名。秦汉有中常侍，魏晋以来有散骑常侍，为经常在君王左右之官，均简称常侍。

②“将军”，指丘常侍所领的将军衔。“北戎”，即北狄，古代北方少数民族的总称。此处指党项。“彤弓”，朱红色的弓。古代帝王以赐有功诸侯者。

③“柳营”，汉周亚夫治军严明，曾营于细柳（在长安西南，因细柳仓而得名）。后人因称军营为细柳营。“金貂”，汉时冠饰。武冠，又名武弁大冠，诸武官冠之。侍中，中常侍则加金珰，附蝉为文，貂尾为饰。此处指丘常侍之冠饰。“榆塞”，即榆林塞。秦长城所在，故址在今内蒙古准格尔旗。“玉帐”，征战时主将所居的军帐。

④“鼓鼙（pí）”，乐器，大鼓和小鼓。进军时以励战士。借指军事。“朔”，北方。“纛（dào）”，军中大旗。

⑤“蓬莱”，宫名，即大明宫。高宗龙朔三年（663），改名为蓬莱宫。“平安火”，见姚合《穷边词二首》第二首注②。“班超”，东汉外交家。东汉明帝永平十六年（73），他率三十六人出使西域，使西域五十馀城国获得安宁。其在西域三十一年，官至西域都护，封定远侯。这两句以班超相况，赞美丘常侍的守土之功。

## 途经秦始皇墓①

龙盘虎踞树层层②，势入浮云亦是崩③。一种青山秋草里，路人唯拜汉文陵④。

① 秦始皇是中国历史上第一位皇帝，他统一了中国，做出了巨大的历史贡献。但他又是暴君，祸民深重。许浑这首诗，就是写途经始皇墓时之所感。秦始皇墓在今西安市临潼区东约五公里的下河村附近，建成于公元前 210 年。现存墓高七十六米，周长两千米。经 1974—1978 年调查勘探，始皇陵园有内外两城，内城周长两千五百二十五米，外城周长六千二百六十四米。

② “龙盘虎踞”，形容地形雄壮显要。“树层层”，始皇陵落成之初，陵上“树草木以象山”。这句写始皇墓之雄伟。

③ “势入浮云”，言始皇墓直上云天之雄势。“崩”，帝王死亡曰崩，此指秦始皇。

④ “汉文陵”，汉文帝刘恒的霸陵。汉文帝仁而俭，秦始皇暴而奢。故而同是青山绿草，后人唯拜霸陵而不拜始皇陵，可见不违民者民所悦。

## 李商隐

李商隐（813—858），字义山，号玉谿生，怀州河内（今河南沁阳）人。开成登进士第，曾任县尉、秘书郎和东川节度使判官等职，因受牛李党争影响，被人排挤，终身潦倒。他反对藩镇割据，反对宦官擅权。常以诗歌揭露批判时政，所作“咏史”诗多托古以讽，无题诗也有寄寓，至其实际含义，诸家解释不一。因其政治抱负难以实现，故诗中常带感伤之情调。李商隐的诗，擅长律、绝，富于文采。律诗于秾丽之中时露沉郁，流美之中不失厚重；绝句往往是精工之中巧于用笔，缜密之中唱叹有情，具有独特风格，结集为《玉谿生诗》。《全唐诗》编其诗三卷。

## 咸阳[1]

咸阳宫阙郁嵯峨[2]，六国楼台艳绮罗[3]。自是当时天帝醉[4]，不关秦地有山河[5]。

①“咸阳”，自秦孝公始，为秦之都城。故城在长安西北之渭滨。因其位于九嵕山之南、渭水之北，山水俱阳，故名咸阳。

②“嵯峨”，高峻貌。

③“六国楼台”，秦灭六国时，每灭一国，即在咸阳北坂仿照该国的宫室修筑宫殿。自雍门以东到泾、渭，宫殿、亭阁，复道相连。所得之诸侯美人、钟鼓，皆藏之宫室。

④“天帝醉”，汉代张衡《西京赋》说，天帝醉后，误将关中一带赐予秦国。

⑤“不关”，无关。这句说，秦灭六国，非藉山河之险，而是天意。《史记·六国年表》中论及秦统一天下时说：“秦卒并天下，非必险固便行势利也，盖若天所助焉。”诗中句意本此。

## 十一月中旬至扶风界见梅花[1]

匝路亭亭艳，非时裛裛香[2]。素娥惟与月，青女不饶霜[3]。赠远虚盈手，伤离适断肠[4]。为谁成早秀，不待作年芳[5]。

① 梅为报春之花，而十一月中旬便开于关中之扶风，就显得不合时宜，诗人由此发论，极寓身世之感。胸有大志而一生潦倒，身具长才却饱

受排挤，直是时也命也。“扶风”，县名，在长安西，今属陕西。

②“匝路”，环绕。“亭亭”，孤峻高洁的状态。“非时”，不合时宜。“裛（yì）裛”，香气散布貌。

③“素娥”，月里嫦娥。“青女”，主管霜的女神。“饶”，饶恕，宽容。“惟与月”，嫦娥使月有清光，非为梅花而皎也；“不饶霜”，青女布霜，非为梅花而少也。这两句清怨如许，正与诗人境遇相映照。

④“赠远”，赠给远方的朋友。“虚盈手”，手折一把梅花，想赠给远人，却达不到，故曰“虚盈手”。“伤离”，双关语，既言与友人、又言与梅花之伤别也。

⑤“早秀”，过早地开花。“年芳”，梅花报春而时值新年伊始，故云。这两句写对早梅之惜，亦有对自身遭遇之叹。

## 九成宫①

十二层城阆苑西，平时避暑拂虹霓②。云随夏后双龙尾，风逐周王八骏蹄③。吴岳晓光连翠巘，甘泉晚景上丹梯④。荔枝卢橘沾恩幸，鸾鹊天书湿紫泥⑤。

①题下原注：“九成宫本隋仁寿宫，贞观间修之以避暑，因更名。”详见李甘《九成宫》注①。

②“十二层城”，指长安。“阆苑”，阆风山之苑，仙人所居之境，旧时诗文中常用来指宫苑。阆苑西，指九成宫。“平时”，安定承平之时。“虹霓”，即虹。相传虹有雌雄之别，色鲜者为雄，色暗淡者为雌，雄曰虹，雌曰霓，合称虹霓。

③“夏后双龙”，《山海经·海外西经》：“大乐之野，夏后启于此舞九代。乘两龙，云盖九层；左手操翳，右手操环，佩玉璜。”“夏后”，夏代天子。后，古代天子之称。“周王”，指周穆王，相传其有八匹骏马。这两句写九成宫为避暑之佳境。

④“吴岳”，即吴山，又称岳山。地在今陕西省宝鸡市陇县东南。九成宫即在此附近。“巘（yǎn）”，山峰。“丹梯”，指九成宫前的红色台阶。

⑤“鸾鹊”，鸾鸟，神鸟。“天书”，帝王的诏敕。“湿紫泥”，言鸾鹊衔来刚泥封的诏书。紫泥，古人书信用泥封，泥上盖印。皇帝诏书则用紫泥。后遂称皇帝的诏书为紫泥诏，简称紫泥。

## 薛　逢

薛逢，字陶臣，河东蒲州（今山西永济）人。会昌元年（841）中进士第。授万年尉，历官侍御史、尚书郎等职。曾两斥为刺史，后官至秘书监。《全唐诗》编其诗一卷。

### 潼关河亭①

重冈如抱岳如蹲，屈曲秦川势自尊②。天地并功开帝宅，山河相凑束龙门③。橹声呕轧中流度，柳色微茫远岸村④。满眼波涛终古事，年来惆怅与谁论⑤。

①“潼关河亭”，指潼关关下黄河上的亭子。

②“冈”，较低而平的山脊。此指河亭旁的土山。“岳”，指华岳。“屈曲秦川”，指黄河。黄河曲折，流经秦地，故云。屈曲，蜿蜒曲折。川，河流。

③这两句写秦中为帝王州乃是天地合璧的结果。《史记·刘敬列传》载，刘敬说服刘邦定都秦中的理由之一：“秦地披山带河，四塞以为固。”“帝宅”，即国都。“山河相凑”，指华山黄河在潼关相聚。“凑”，聚集。“束龙门”，护卫帝都之门。束，缚，此处指护卫。门，指潼关。

④“呕轧（yà）”，象声词，摇橹之声。“微茫”，隐隐约约，景象模糊。“远岸”，指黄河北岸。

⑤这句慨叹惆怅之意无法与知音倾诉。薛逢“持论鲠切，以谋略高自显布衣中”，当其见文不如己的同榜进士杨收和王铎先后任宰相，而自己仍是风尘俗吏，乃作诗讽刺杨收云：“须知金印朝天客，同是沙堤避路人”，被斥刺史。后又讥王铎云：“昨日鸿毛万钧重，今朝山岳一毫轻。”又被迁秘书监。（《唐才子传》）以其刚直性格来看，登临而抒惆怅之情，当是自然流出。“年来”，一年来。

## 潼关驿亭[1]

河上关门日日开，古今名利旋堪哀[2]。终军壮节埋黄土[3]，杨震丰碑翳绿苔[4]。寸禄应知沾有分，一官常惧处非才[5]。犹惊往岁同袍者，尚逐江东计吏来[6]。

①“潼关驿亭”，潼关驿站的亭子。

②“河”，黄河。“关”，指潼关。“旋”，顷刻，不久。

③ 这句说，终军的壮节已埋于黄土之中。终军（？—前112），西汉人，曾向武帝上言：“愿受长缨，必羁南越王而致之阙下。”他奉命出使南越，说服南越王臣服汉朝。后被南越相吕嘉所杀。年仅二十馀岁，时人谓之“终童”。“埋黄土”，被黄土所掩埋。

④ 这句说，杨震的丰碑已遮上了苔藓。杨震（？—124），东汉大臣，弘农华阴人，官至太尉，廉洁正直，遭诬陷，免官自杀。“翳（yì）绿苔”，遮蔽上了苔藓。

⑤“寸禄”，微薄的薪俸。“沾”，沾濡，此处指享受。“处非才”，指居官而无当官之才能。

⑥“往岁”，以前的年份。“同袍”，指朋友。“计吏”，掌计簿的官吏。唐代举子经州府推举后随计吏入京。

## 赵　嘏

赵嘏，字承佑，山阳（今江苏淮安）人。会昌二年（842）进士及第，官渭南（今陕西省渭南市临渭区）尉，有《渭南集》。善七律，笔调清圆熟练，时有警句。因《长安晚秋》有句云：“残星几点雁横塞，长笛一声人倚楼”，被杜牧称为“赵倚楼”。《全唐诗》编其诗两卷。

### 寒食新丰别友人[①]

一百五日家未归，新丰鸡犬独依依[②]。满楼春色傍人醉，半夜雨声前计非[3]。缭绕沟塍含绿晚，荒凉树石向川微[4]。东风吹泪对花落，憔悴故交相见稀。

①本篇写与故交相别的依依和落寞之情。"寒食"，见李隆基《初入秦川路逢寒食》注①。"新丰"，见李治《过温汤》注③。

②"一百五日"，指寒食节。南朝梁宗懔《荆楚岁时记》："去冬节（即冬至）一百五（一百零五）日，即有疾风甚雨，谓之寒食，禁火三日，造饧大麦粥。""依依"，恋恋不舍。

③这句说因半夜下雨，道路泥泞，故第二天一大早难以上路。"前计非"，前面安排计划归家的事（因雨）而泡汤。

④"塍（chéng）"，田间的土埂。"树石"，树边之石。新丰地接骊山，山下而多流石。"绿"，一作"景"。

## 题昭应王明府溪亭[1]

靖节何须彭泽逢，菊洲松岛水悠溶[2]。行人自折门前柳，高鸟不离溪畔峰。晓渭度檐帆的的，晚原含雨树重重[3]。轩车过尽无公事，枕上一声长乐钟[4]。

①"昭应"，见耿湋《晚次昭应》注①。"明府"，唐人称县令为明府。

②"靖节"，指东晋陶渊明，人称其为靖节先生。陶曾做过彭泽县令。此处以陶渊明代指昭应王姓县令。"菊洲松岛"，指王明府溪亭。

③这两句写县城附近的风景。"渭"，渭河，流经县城附近。"度檐"，言帆影从亭中人的亭檐视角穿过。"的（dí）的"，鲜明，显著。

④ 这两句写公事了结，王明府则弛然而卧。“轩车”，大夫的车，即官员的车。言王明府的公事。“钟”，指夜晚报更所敲之钟。

## 项　斯

项斯，字子迁，江东人，会昌四年（844）登进士第。名微时，以诗谒杨敬之，杨赠诗云：“几度见诗诗尽好，及观标格过于诗。平生不解藏人善，到处逢人说项斯。”其名从此而彰。终丹徒县尉。《全唐诗》编其诗一卷。

### 晓发昭应[①]

行人见雪愁，初作帝乡游[②]。旅店开偏早，乡帆去未收[③]。
灯残催卷席，手冷怕梳头。是物寒无色，汤泉正自流[④]。

① 这首诗是项斯自故乡江东初到昭应之作。“昭应”，见耿湋《晚次昭应》注①。“晓”，一作“早”。

②“行人”，行旅之人，作者自指。“帝乡”，京城长安。“乡”，一作“京”。

③“乡帆”，故乡的帆船。这句是说，项斯来长安是自水路沿渭河溯流而上。渭河流经昭应县城郊。“灯残”句，言晓发天色尚暗。

④“是物”，所见的所有物象。“寒无色”，（凡物）因寒而显暗淡之色。“汤泉”，指华清宫温泉。

# 马　戴

马戴，字虞臣，曲阳（故址在今江苏省东海县西南）人。会昌四年（844）登进士第。宣宗大中初，在太原幕府中掌书记。以直言获罪，被贬为龙阳（今湖南常德）尉。懿宗咸通末，佐大同军幕，终太学博士。与贾岛、姚合为诗友，擅长五律。《全唐诗》编其诗两卷。

## 经咸阳北原[①]

秦山曾共转，秦云自舒卷。古来争雄图，到此多不返[②]。野狖穴孤坟，农人耕废苑[③]。川长波又逝，日与岁俱晚[④]。

①“咸阳北原”，即咸阳北坂。周秦汉唐诸朝，皆以咸阳或长安（镐京）作都城，北原距之甚近，作者经此，而发感慨。

② 这四句写自古而来入主关中的争雄之战。“曾共转”，言古来争雄之战往复激烈也；“自舒卷”，言惯见争斗，而历史依然如白云舒卷自如。“返”，回到原地。

③ 这两句写战所见此地之萧条。坟冢荒凉，被野猴拱穴，见前朝之倾覆；宫苑变土，被农人所耕，见前朝之败亡。“狖（yòu）”，猴子的一种。

④“川”，河流，此处指渭河。渭河经咸阳原南东流入黄河，“川长波又逝”，指流去的光阴。《论语·子罕》：“子在川上曰：‘逝者如斯夫，不舍昼夜。’”“岁晚”，双关语，既言时近年末，又言人徒老大。其《长安书怀》云：“岐路今如此，还堪痛哭频。……年年销壮志，空作献书人。”可参读。

## 孟　迟

孟迟，字迟之，平昌人，会昌五年（845）登进士第。《全唐诗》编其诗十七首。

### 过骊山①

冷日微烟渭水愁，华清宫树不胜秋②。霓裳一曲千门锁，白尽梨园弟子头③。

① 骊山，即唐离宫华清宫所在地，此诗为感怀之作，从一个侧面写唐室之颓。此诗一作赵嘏诗。

② 叹安史乱后，华清宫之死寂之状。渭水愁，国颓也；不胜秋，时衰也。“渭水”，流经骊山西北处的渭河，是黄河最大支流。

③“霓裳一曲”，指霓裳舞衣曲。“千门锁”，因玄宗荒淫殆政而误国事，招致安史之祸，叛兵破潼关后，玄宗奔蜀，华清宫千门人去宫空，故曰“千门锁”。“梨园弟子”，唐玄宗时梨园歌舞艺人的称呼。唐玄宗曾选乐工三百人，宫女数百人，教授乐曲于梨园，亲自订正声误，号“皇帝梨园弟子”。白尽头，等白了头发也未能再歌霓裳曲，再受玄宗教授也。

## 郑　畋

郑畋（823—882），字台文，荥阳（今属河南）人。武宗会昌中进士及第。任秘书省校书郎，中书舍人，以兵部侍郎同平章事，后黜为节度使，又贬梧州刺史。僖宗即位，召还兵部侍郎，授检校尚书左仆射。《全唐诗》编其诗十六首。

### 马嵬坡

玄宗回马杨妃死①，云雨难忘日月新②。终是圣明天子事，景阳宫井又何人③。

①天宝十五载（756）六月，安史叛军破潼关后，玄宗奔蜀。至德二载（757）九、十月间，官军光复两京，玄宗遂于十二月返回长安。"回马"，指唐玄宗由蜀返回，途经马嵬。而杨妃于上年盛夏死于是处。

②"云雨"，典出战国时宋玉《高唐赋》："妾在巫山之阳，高丘之阻，旦为朝云，暮为行雨。"后因指男女事。"日月新"，指玄宗之子李亨（肃宗）即位后，有中兴希望。这句的意思是，玄宗对杨妃的恩爱虽然难忘，而国家却已一新了。

③这两句是说，玄宗和陈后主相比，都是亡国之主，所以也好不了多少。"终是"，终究是。"圣明天子"，指玄宗，语含讽刺。"景阳宫井"，陈后主叔宝闻隋兵至，便与其宠妃张丽华一同藏在景阳宫井中，但仍做了俘虏。

## 薛　能

薛能，字太拙，汾州（今山西汾阳）人。会昌六年（846）进士及第。历御史、刑部员外郎。李福镇蜀，奏以自副。懿宗咸通间，摄嘉州刺史，迁至刑部郎中，权京兆尹事，授工部尚书。节度徐州，徙镇忠武。广明元年（880），徐军戍溵水，经许州，薛能因其军多怀旧惠，馆待于城中，许州军惧遭袭击，大将周岌乘众疑怒，驱逐薛能，自称留后，随之将其杀害。《全唐诗》编其诗四卷。

### 关中送别①

一行千里外②，几事寸心间。才子贫堪叹，男儿别是闲③。
黄河淹华岳，白日照潼关④。若值乡人问，终军贱不还⑤。

① 此系诗人于关中送别家乡友人所作，其时诗人尚未进士及第。

②“千里外”，指家乡汾州，距长安千馀里。

③“才子”，指友人。“男儿”，作者自指。

④ 这两句言友人行经之道路，长安之东，有华岳，华岳之东，为潼关。“淹华岳”，言黄河汹涌，大有吞淹华岳之势，系夸张说法。

⑤“乡人”，指家乡汾州之人。“终军”，见李世民《入潼关》注⑧。这句作者以终军自比，言不得功名，决不返归故乡，以示此志之坚。

## 鄜州进白野鹊[1]

轻毛叠雪翅开霜，红嘴能深练尾长[2]。名应玉符朝北阙，色柔金性瑞西方[3]。不忧云路填河远，为对天颜送喜忙[4]。从此定知栖息处，月宫琼树是仙乡[5]。

①“鄜（fū）州”，地名。汉时为上郡雕阴县地，后魏废帝二年改为鄜州，隋改为鄜城郡，唐复为鄜州。历代相因。治所在今陕西富县。“白野雀”，即白喜鹊。

② 这两句说白野鹊之形态。

③ 这两句说白野鹊的名与色。“符”，祥瑞的征兆。“北阙”，古代宫殿北面的门楼，是大臣等候朝见或上书奏事的地方。汉以后通称帝王宫禁为北阙。也作朝廷的别称。“金”，五行之一。于位为西，于时为秋。

④ 这两句说白野鹊之瑞。“云路”，鹊为飞鸟，行在空中，故曰云路。“填”，填塞。“天颜”，帝王的容颜。

⑤ 这两句说白野鹊的归宿。“月宫琼树”，借指宫禁之嘉树。“仙乡”，神仙所居之地，是幻想中的仙境。

## 题河中亭子[1]

河擘双流岛在中，岛中亭上正南空[2]。蒲根旧浸临关道，沙色遥飞傍苑风[3]。晴见树卑知岳大，晚闻车乱觉桥通[4]。无穷胜事应须宿，霜白蒹葭月在东[5]。

①“河中亭子”，在蒲津关黄河中流岛屿上。蒲津关，见李隆基《早度蒲津关》注①。

②“正南空”，南望空阔。岛亭在蒲津关桥北，故引出下四句南望之所见所闻。

③“蒲根”，指蒲津关下。“旧浸”，过去的河道。“关道”，蒲津关下之道路。“苑”，指冯翊县东南的沙苑。

④“晴见”句，言南望华山。“车乱”，言车多。“桥”，指浮桥。“岳”，西岳，指华山。

⑤“无穷胜事”，指河中亭子所见的诸多胜事。胜事，优美的景物或境界。“宿”，留住。“蒹葭”，芦苇。“霜白月在东”，言在秋夜也。

## 关中秋夕

簟湿秋庭岳在烟，露光明滑竹苍然①。何人意绪还相似，鹤宿松枝月半天②。

①“簟”，竹席。“岳”，大山。“烟”，霭。“岳在烟”，山在烟霭里。“露”，露珠。

③“何人”，反问语，其实是作者自指。“鹤宿松枝”，自然而惬意也；“月半天”，月皓然而当空也。这两句正见作者适然之意态。

# 崔　橹

崔橹，大中时举进士（一作广明中进士）。曾任棣州司马。《全唐诗》编其诗十六首。

## 华清宫三首[①]

草遮回磴绝鸣銮[②]，云树深深碧殿寒[③]。明月自来还自去，更无人倚玉栏干[④]。

① 本篇三首诗，皆写安史乱后华清宫之荒凉，缅怀唐先时之隆盛，后来之衰败，喟叹伤感，寄意遥深。

② 这句写骊山磴道。皇帝不至，故鸣銮绝也；鸣銮既绝，故磴道荒也。“鸣銮”，指皇帝或贵族出行。銮，系在马勒或车前横木上的铃。

③ 这句写山上宫殿。云树深处之碧殿因无人，故显寒也。

④ 这两句写旧时月色。自来自去，明月多情也；栏杆依然，物在人去也。传说唐玄宗与杨贵妃于天宝十载七月七日夜在华清宫长生殿盟誓“愿世世为夫妇”。元稹《连昌宫词》诗中，故有“上皇正在望仙楼，太真同凭栏干立”之句。

障掩金鸡蓄祸机[①]，翠华西拂蜀云飞[②]。珠帘一闭朝元阁，不见人归见燕归[③]。

① 这句写玄宗宠信安禄山，致使有了安史之乱。史载，天宝中，安禄山

每来朝，上（玄宗）特异待之，在勤政楼欢宴时，百官群臣列坐楼下，唯独让安禄山坐在楼上皇帝御座的东间，那里摆了金鸡障，还命卷帘以示荣宠。“金鸡障”，以金鸡羽为饰的屏风（坐障）。五代王仁裕《开元天宝遗事》：“明皇每宴，使（安）禄山坐于御侧，以金鸡障隔之。”“祸机”，指祸患潜伏，一触即发，有如机括（弩上发箭的机件，又作“机栝”）。

② 这句写玄宗奔蜀。“翠华”，用翠玉饰于旗杆顶上的旗，为皇帝仪仗。

③ 这两句叹物在而人去也。“朝元阁”，阁名，在华清宫骊山上，为崇奉玄元皇帝（老子）之阁。

门横金锁悄无人①，落日秋声渭水滨。红叶下山寒寂寂，湿云如梦雨如尘②。

① 这句写宫殿锁闭，悄然无人。

② 这三句写华清宫凄凉之深秋景象。“渭水滨”，因华清宫近渭水，故云。“红叶下山”，因华清宫在骊山，故云。“湿云如梦”，湿云带雨，如梦境般迷离。“雨如尘”，谓细雨如悬而色白，像随风飘散的尘埃。

## 韩　琮

韩琮，长庆四年（824）进士及第。初为陈许节度判官，后历中书舍人，宣宗大中年间，仕至湖南观察使。诗多清新之制。《全唐诗》编其诗一卷。

## 骆谷晚望[①]

秦川如画渭如丝[②]，去国还家一望时[③]。公子王孙莫来好，岭花多是断肠枝[④]。

①宣宗大中十三年（858），时任湖南观察使已五年的韩琮，被都将石载顺等驱逐，宣宗非但不支持韩琮，反使人代韩琮之职。韩琮怏怏失官、无枝可依，此诗当是其无奈还乡之作。“骆谷”，地名。在今陕西省周至县西南。谷长四百馀里，为关中与兴元府（今汉中）间的交通要道。

②“秦川”，泛指今陕西、甘肃秦岭以北平原地带。“川”指平原而言。“渭”，指渭河。“渭”，一作“柳”。

③“去国”，离开国都。“家”，一作“乡”。

④“公子王孙”，《楚辞·招隐士》：“王孙游兮不归，春草生兮萋萋。”韩琮反其意而用之，借其代替宦游之人，实乃自指。“莫来好”，“断肠枝”，是说还家时莫要经过骆谷为好，因其怀着屈辱之情，经过此处，所望皆愁，乃至“断肠”，岭花即其一也，所谓伤心人别有怀抱。

## 兴平县野中得落星石移置县斋[①]

的的堕芊苍，茫茫不记年[②]。几逢疑虎将，应逐犯牛仙[③]。择地依兰畹，题诗间锦钱[④]。何时成五色，却上女娲天[⑤]。

①“兴平县”，唐县名，在长安西百里，今已撤县设市，属陕西。“落星石”，即陨石。“县斋”，即县衙。

②“的的”，明白，昭著。“芊苍”，苍野。“茫茫”，旷远貌。

③“疑虎将”，指李广。《史记·李将军列传》：“广出猎，见草中石，以为虎而射之，中石没镞，视之石也。因复更射之，终不能复入石矣。”“牛仙”，指牵牛星。犯牛仙，指天帝派去将牛郎（牵牛星）织女（织女星）分开在天河两边的神仙。

④“兰畹”，兰圃。指陨星落处。“间锦钱”，在锦钱状的陨石上题诗。

⑤“五色”，五色石。古代神话，女娲炼五色石补天。（见《淮南子·览冥》）这两句是说，待落星石变成五色后，让女娲再以之补天。

## 贾　岛

贾岛（779—843），字阆仙，一作浪仙，范阳（今河北昌黎北，一作涿州，一作北京附近）人。初落拓为僧，后以诗投韩愈，和孟郊、张籍、姚合酬唱，诗名大著。还俗后，屡举进士不第，文宗时，坐飞谤，贬长江（今四川蓬溪）主簿，人称贾长江。后迁普州（今四川省安岳县）司仓参军。有《长江集》。贾岛穷愁苦吟，其诗喜写荒凉枯寂之境，颇多寒苦之辞。虽与孟郊齐名，有“郊寒岛瘦”之称，然而贾不及孟，孟坚而贾脆，孟深而贾浅。其诗以五律见长，诗风清奇苦僻。《全唐诗》编其诗四卷。

### 暮过山村①

数里闻寒水，山家少四邻②。怪禽啼旷野，落日恐行人③。
初月未终夕，边烽不过秦④。萧条桑柘处，烟火渐相亲⑤。

① 暮过山村，诗中突出一“过”字。

② 这两句言将到山村时的所闻所见。

③ 这两句言途中的寂寥惶恐。“行人”，自指。

④ 这两句写过村前之感受。“未终夕”，天还未黑下来。“边烽”，边防报警的烟火。

⑤ 这两句写见了山村的喜悦。“烟火”，指有人烟的地方，即山村。

## 温庭筠

温庭筠（约 812—866），原名岐，字飞卿，太原（今属山西）人。屡举进士不第，官国子助教，常作诗忤时相令狐绹，由是渐被疏远，故不得大用。诗与李商隐齐名，时称“温李”，但温实不及李。作诗八叉手而成，时称“温八叉”，其诗风格秾丽，然而一些吊古咏史行旅之作则气韵清澈。此外，他又是晚唐词的专业作者，成就影响胜于诗，被称为“花间派”鼻祖。《全唐诗》编其诗九卷。

### 题望苑驿①

弱柳千条杏一枝，半含春雨半垂丝②。景阳寒井人难到，长乐晨钟鸟自知③。花影至今通博望，树名从此号相思④。分明十二楼前月，不向西陵照盛姬⑤。

① 题下原注：“东有马嵬驿，西有端正树，一作相思树。”可知驿在马嵬驿西。此诗因马嵬事而发感也。

②“垂”，一作“含”。

③“景阳井”，南朝陈代景阳殿之井，又名胭脂井。祯明三年（589），隋兵南下过江，攻占台城，后主陈叔宝闻兵至，与宠妃张丽华躲避于此井中。至夜，为隋兵所俘。后人因称此井为“辱井”。故址在今南京市玄武湖侧。“人难到”，“人”指杨贵妃，言杨妃即使想与李隆基奔蜀，但被缢死马嵬驿，故曰“人难到”。“长乐”，汉宫名，此处以汉代唐，指玄宗与贵妃所居之兴庆宫和华清宫。“鸟自知”，言人已去，而空有钟声也，故云“鸟自知”。

④“博望”，汉宫有博望苑。博望，取可以广观博望之意。此处代指唐苑。“树”，指端正树，是石楠树的异名。宋乐史《杨太真外传》下：“上发马嵬，行至扶风，道傍有花，寺畔有石楠树团圆，爱玩之，因呼为端正树，盖有所思也。”故又名相思树，在望苑驿西。

⑤“十二楼”，《史记·封禅书》记方士曾言：“黄帝时为五城十二楼，以候神人於执期，命曰迎年。”这里指兴庆宫中之楼。“西陵”，姓氏。相传黄帝娶西陵氏女为妃，此处以西陵女代指杨妃。“盛姬”，盛美之姬，指杨妃。“盛”，一作“戚”。

## 题端正树①

路傍佳树碧云愁，曾侍金舆幸驿楼②。草木荣枯似人事，绿阴寂寞汉陵秋③。

① 此诗因端正树而感慨唐明皇杨贵妃事。“端正树”，见该作者《题望苑驿》注①④。

② 这两句写端正树曾被唐明皇垂青。“金舆”，指皇帝的车仗。

③ 这两句以草木荣枯喻人生荣辱。“汉陵”，指端正树近处的汉武帝茂陵。

# 经五丈原[1]

铁马云雕共绝尘，柳阴高压汉营春[2]。天清杀气屯关右，夜半妖星照渭滨[3]。下国卧龙空寤主，中原得鹿不由人[4]。象床宝帐无言语，从此谯周是老臣[5]。

①“五丈原”，地名。唐时属凤翔府，地在今陕西省岐山县渭河南岸。三国时蜀相诸葛亮率兵伐魏，曾在此屯兵，与魏司马懿相持百馀日，诸葛亮病逝军中。本篇惋惜诸葛亮身死军务之劳，又讽刺了投降派的谯周终使蜀国灭亡。

② 上句言蜀汉军队伐魏之神速，下句言蜀汉大军压境之威力。“铁马云雕”，喻雄壮的大军。云雕，指旗。云旗上画有熊虎图案，雕旗上画有鸷鸟图案。“绝尘”，飞速前进。史载，诸葛亮于后主建兴十二年（234）春，率大军出斜谷，据五丈原，与司马懿所率的魏军对峙百馀日。故有“柳阴”云云。“汉营”，指蜀汉军队的大营。蜀军驻屯五丈原，直接威胁着魏占区长安。

③ 这两句说蜀魏两军对垒之时，诸葛亮却不幸去世。“天清”，指秋天。“杀气”，兵气，指战争气氛。“关右”，指函谷关以西秦陇之地，此处指关中。“妖星”，灾星。建兴十二年（234）八月，诸葛亮卒于军中。相传诸葛亮临死之夜，有大星“赤而芒角”，坠落在渭河之南。“妖星”一词有鲜明的感情色彩。

④ 这两句说诸葛亮开导后主是枉费心力，蜀国未能统一天下并非出于人事方面的原因。“下国”，指蜀国，蜀国僻处西蜀，故曰下国。“卧龙”，指诸葛亮。“空寤主”，指其对后主屡有忠告，却无济于事。“中原”，指魏统治地区，此处代指魏国。“鹿”，喻政权。“得鹿”，指魏

夺取了对蜀战争的胜利。“不由人”，非人力所能争取得到，而是有其他缘由。

⑤这两句以诸葛亮与谯周作比，指斥谯周之投降行径。“象床宝帐”，祠庙中神龛里的陈设。“无言语”，是说供奉于祠庙中的诸葛神像已不能言语。“谯周”，蜀大臣。诸葛亮故后，他出谋划策，使后主降了魏国。“是老臣”，正是对谯周与后主的讥讽指斥。孔明老臣，道“汉贼不可两立”；谯周老臣，却诱劝后主降魏。孔明老臣，死而后已；谯周老臣，却走降车。两相对比，自见优劣。难怪沈德潜为“从此”句旁批说：“诮之比于痛骂。”（《唐诗别裁》）

## 华阴韦氏林亭[①]

自有林亭不得闲，陌尘宫树是非间[②]。终南长在茅檐外，别向人间看华山[③]。

①“华阴”，县名，境内有华山。

②“不得闲”，因林亭是观瞻休憩之佳处，故即常临，因曰“不得闲”。“陌尘宫树”，指来往于华阴韦氏林亭和长安之间。“陌”，路。“宫树”，居长安自见宫树。“是非”，纠纷。

③这两句说，作者居长安时，终南山常在人眼，故司空见惯，今日另看华山，则别有一番风味。“终南”，终南山。

## 咸阳值雨[①]

咸阳桥上雨如悬，万点空濛隔钓船[②]。还似洞庭春水色，晓云将入岳阳天[③]。

①“咸阳”，见李商隐《咸阳》注①。诗中显现出一派烟雨画境。

② 这两句说咸阳此雨之特征和氛围。“咸阳桥”，在咸阳城郊之渭水上，是长安通往咸阳乃至西南、西北的交通要道。“雨如悬”，雨丝细绵，有如悬浮于空中之质感。“空濛”，混蒙迷茫之状，多形容烟岚雨雾。

③ 这两句说，咸阳此雨，如洞庭水色，将那接天的水气漂在了岳阳上空。“洞庭”，洞庭湖，周八百里，在湖南北部长江南岸，气蒸云梦，波撼岳阳。“将”，携带。“岳阳天”，岳阳城的天空。岳阳城之西门楼即岳阳楼，在湖滨，登此可观巴陵胜状。

## 渭上题三首[①]

吕公荣达子陵归，万古烟波绕钓矶[②]。桥上一通名利迹，至今江鸟背人飞[③]。

目极云霄思浩然，风帆一片水连天。轻桡便是东归路，不肯忘机作钓船[④]。

烟水何曾息世机，暂时相向亦依依[⑤]。所嗟白首磻溪叟，一下渔舟更不归[⑥]。

①此三首诗，大抵系温庭筠抒愤懑而作，温庭筠虽满腹才华，然仕途不畅。屡举进士不第，一生不得志。其谪方城尉时，唐纪夫曾赠以诗云："凤凰诏下虽沾命，鹦鹉才高却累身。"终国子助教，流落而死，故有此心情复杂之作。

②"吕公"，即姜太公，商末周初人，姜姓，吕氏，名尚。周武王即位后，尊之为"尚父"。辅武王灭殷建周。"子陵"，即严光，字子陵，少曾与光武帝（刘秀）同游学，有高名。刘秀称帝，严光变姓名隐遁。帝派人见访，召至京，授谏议大夫，不受，退隐于富春山。（见《后汉书·隐逸传》）有署名光武帝刘秀的《与子陵书》，就是希望严光辅佐自己的。尽管有人考证此系伪作，然文极美，且附于此："古大有为之君，必有不召之臣，朕何敢臣子陵哉！惟此鸿业，若涉春冰，譬之疮痏（wěi，疮伤），须杖而行。若绮里（绮里季，为商山四皓之一）不少高皇，奈何子陵少朕也！箕山颍水之风（尧时隐士许由隐于颍水之阳，箕山之下。箕山颍水代指隐居），非朕之所敢望。""钓矶"，传说中姜太公磻溪垂钓的石矶。

③"桥"，指渭水桥。"名利迹"，指世人为名为利而奔忙留在桥上的足迹。"背人飞"，言江鸟自由自在，不染红尘，故曰"背人飞"。

④"轻桡"，指船桨。因渭水东入黄河，故指水路。"东归"，温庭筠本贯太原，故言东归。"忘机"，忘却计较或巧诈之心。指自甘恬淡，与世无争。

⑤"世机"，世间事物的枢要、关键。"依依"，恋恋不舍。

⑥"磻溪叟"，指姜太公。相传姜太公未遇文王时曾钓于磻溪（在今陕西省宝鸡市陈仓区）。此"更不归"，言姜太公从此辅佐周文王与武王，结束了隐士生活。

## 鄠杜郊居[①]

槿篱芳援近樵家[②]，垄麦青青一径斜。寂寞游人寒食后，夜来风雨送梨花[③]。

①“鄠杜”，鄠县（今西安市鄠邑区）和杜陵。杜陵，汉宣帝陵墓，地在长安东南郊。

②“槿篱”，以木槿树所栽成的篱笆。“芳”，指木槿花。“樵家”，打柴之人的家。“援”，一作“杜”。

③“寒食”，见李隆基《初入秦川路逢寒食》注①。“送梨花”，指梨花凋落。

## 敷水小桃盛开因作[①]

敷水小桥东，娟娟照露丛[②]。所嗟非胜地[③]，堪恨是春风。二月艳阳节[④]，一枝惆怅红。定知留不住，吹落路尘中。

①“敷水”，水名，在今陕西华阴境内，水出华山，北流入渭。

②“娟娟”，明媚美好的样子。

③“胜地”，名胜之地。“堪恨”句，言春风将吹落桃花，故云。

④“艳阳节”，阳光灿烂景色佳丽的时节，指春天。

## 过新丰[1]

一剑乘时帝业成，沛中乡里到咸京[2]。寰区已作皇居贵，风月犹含白社情[3]。泗水旧亭春草遍，千门遗瓦古苔生[4]。至今留得离家恨，鸡犬相闻落照明[5]。

① 本篇是诗人过新丰所作的感怀诗。“新丰”，地名。汉高祖刘邦定都长安后，因太上皇思乡，遂将骊山东北秦骊邑，按照其故乡丰县街里格式改筑，并迁来丰民，故称新丰。故里乡音，以此安慰太上皇。故地在今西安市临潼区。

② 这两句写刘邦以战争夺得帝业。“沛中乡里”，刘邦是沛县丰邑人，故云。“咸京”，秦京咸阳。此指汉朝的国都新城（汉高祖元年改咸阳曰新城），后来汉武帝时改为渭城。

③ 这两句写新丰民风之特殊。“寰区”，犹寰宇。“风月”，清风明月，指美好的景色。“白社”，地名，在今河南偃师县境，其地有丛祠，故名。晋以后人称隐士所居为白社。

④ 这两句写丰沛民迁新丰后旧地的荒凉。“泗水旧亭”，指泗水亭，古亭名。故地在沛县东。秦制十里一亭，十亭一乡。亭设亭长一人。刘邦曾任泗水亭长。“春”，一作“秋”。“遍”，一作“变”。

⑤ 这两句写诗人的感慨。“离家恨”，离开家乡丰沛迁居新丰之怨恨。“落照”，落日之光。

## 过潼关

地形盘屈带河流，景气澄明是胜游[1]。十里晓鸡关树暗，一行寒雁陇云愁[2]。片时无事溪泉好，尽日凝眸岳色秋[3]。麈尾角巾应旷望，更嗟芳霭隔秦楼[4]。

①“河”，指黄河。“胜游”，快意的游览。

②“关树”，潼关附近之树。“陇”，土冈子，指山。此处指潼关附近的山。“暗”，一作“静”。

③“岳”，指西岳华山。潼关在华山近东。

④“麈（zhǔ）尾”，古代以驼鹿尾为拂尘，因称拂尘为麈尾，或省作麈。“角巾”，方巾。有棱角的头巾。古代隐士的冠饰。

## 苏武庙①

苏武魂销汉使前，古祠高树两茫然②。云边雁断胡天月，陇上羊归塞草烟③。回日楼台非甲帐，去时冠剑是丁年④。茂陵不见封侯印，空向秋波哭逝川⑤。

① 苏武（前140—前60），字子卿，杜陵（今西安市东南）人。汉武帝天汉元年（前100），以中郎将身份出使匈奴，被扣留，匈奴单于胁迫其投降，苏武不屈，被流放北海（今贝加尔湖），使牧公羊，俟公羊产子乃释放。苏武始终不屈，持汉节牧羊十九年，节旄尽落。至昭帝时，与匈奴和亲，苏武方于昭帝始元六年（前81）获释归汉，后官至典属国。宣帝时赐爵关内侯。悬其像于麒麟阁，以彰其节操。《汉书》有传。“苏武庙”，即苏武祀庙，在今陕西武功县龙门村。

② 这两句写苏武的生前和身后。“魂销”，分外激动，好像快要失去知觉。“汉使”，汉昭帝时奉命出使匈奴的使者。“两茫然”，指苏武庙中的古祠与树木尽管属于苏武，但它们是物，并不知道苏武的价值，故曰“两茫然”。

③ 这两句写苏武北海牧羊时的景况。“雁断”，指书信不通。雁，鸿雁，

古有鸿雁传书、鱼腹藏书之说。昭帝派使者要求放还苏武，匈奴诡言苏武已死。与苏武同使匈奴的常惠，“教使者谓单于，言天子射上林中，得雁，足有系帛书，言（苏）武等在某泽中。使者大喜，如惠语以让（以词相责）单于。单于视左右而惊，谢（告诉）汉使曰：‘武等实在。’”（《汉书·苏武传》）“陇”，丘垄。

④ 这两句写出使归来，武帝已崩，已至昭帝。“甲帐”，《汉武故事》载，武帝“以琉璃、珠、玉、明月、夜光，错杂天下珍宝为甲帐，其次为乙帐。甲以居神，乙以自居”。以此喻武帝。苏武在匈奴北海，前已投降匈奴的汉将李陵见之而对苏武说：“区脱（边界之地）捕得云中（郡）生口（生民），言太守以下吏民皆白服，曰上（指武帝）崩。”“武闻之，南乡（向）号哭，欧（呕）血，旦夕临（哭）。”“丁年”，成丁的年龄，即壮年。汉制，男子自二十岁至五十六岁须服徭役，称丁男。《文选》旧题《李少卿答苏武书》：“丁年奉使，皓首而归。”

⑤ 这两句写苏武怀念汉武帝。“茂陵”，汉武帝刘彻的陵墓，地在今陕西兴平。此处代指武帝。“封侯印”，指汉宣帝赐苏武爵关内侯，食邑三百户。“哭逝川”，悲时间像川水流逝，不可复返。《论语·子罕》：“子在川上曰：‘逝者如斯夫，不舍昼夜。’”

## 刘　沧

刘沧，字蕴灵，鲁人。宣宗大中八年（854）擢进士第，调华原尉，迁龙门令。诗句清丽，句法与赵嘏、许浑相仿佛。《全唐诗》编其诗一卷。

## 题马太尉华山庄[1]

别开池馆背山阴，近得幽奇物外心[2]。竹色拂云连岳寺[3]，泉声带雨出谿林。一庭杨柳春光暖，三径烟萝晚翠深。自是功成闲剑履[4]，西斋长卧对瑶琴。

①“太尉”，官名，秦汉时掌军事，其尊与丞相等。后代多沿置，但一般皆为加官，无实权。

②“别开”，别具匠心而开。“背山阴”，背靠华山之阴（北）。“幽奇”，幽静稀罕。“物外心”，超脱于世事之外的心情。

③“岳寺”，华山的寺院。

④这句说，功成之后，再也不用提剑出征了。“剑”，宝剑，即武器。“履”，鞋，指代出征。

## 秋日登醴泉县楼[1]

闲上高楼时一望，绿芜寒野静中分[2]。人行直路入秦树，雁截斜阳背塞云[3]。渭水自流汀岛色，汉陵空长石苔纹[4]。秋风高柳出危叶，独听蝉声日欲曛[5]。

①“醴泉”，县名（今作礼泉，属陕西），唐时因县界有后周的醴泉宫，由“宁夷”而更此名。

②“绿芜”句：秋草尚存，自有绿芜；秋稼已毕，故见寒野。

③“入秦树”，路旁皆树，人行路上，故从城楼望之似“入秦树”。“雁

截斜阳”，北雁南飞，雁阵为“人”字或“一”字形，正从作者眼中的夕阳前穿过，故似“截”。“塞”，险要之处。

④“汉陵”，指咸阳坂上的汉代帝陵。

⑤ 这两句点明秋时即景。“危叶”，树顶（秋日残留）的叶子。“曛”，夕阳。

## 秋日过昭陵①

寝庙徒悲剑与冠，翠华龙驭杳漫漫②。原分山势入空塞，地匝松阴出晚寒③。上界鼎成云缥缈，西陵舞罢泪阑干④。那堪独立斜阳里，碧落秋光烟树残⑤。

①“昭陵”，见杜甫《重经昭陵》注①。本篇痛惜唐太宗这样杰出人物之不永。《唐才子传》说刘沧“慷慨怀古”，于此可见。

②“寝庙”，古代宗庙中寝和庙的合称。庙在前，是接神之处；寝在后，是衣冠所藏之处。“翠华”，用翠羽饰于旗杆顶上的旗，为皇帝仪仗。“龙驭”，皇帝车驾。“杳”，昏暗，深远。引申为不见踪影之意。“漫漫”，长远，无际貌。

③ 这两句写昭陵环境。“塞”，险要之处。“匝”，环绕。

④ 这两句以黄帝升天事喻李世民之葬昭陵，其中寓痛惜之意。“上界”，天上，天界。“鼎成”，《史记·封禅书》：黄帝采首山铜，铸鼎于荆山（在今河南灵宝）下，传说其鼎成而升天。“西陵”，黄帝时国名。《史记·五帝本纪》：“黄帝居轩辕之丘，而娶于西陵之女，是为嫘祖。”“罢”，停止。“阑干”，纵横。“西陵”句写嫘祖痛哭黄帝仙逝。

⑤“碧落”，天空。

# 李　频

李频（？—876），字德新，睦州寿昌（今属浙江建德）人。宣宗大中八年（854）擢进士，调秘书郎，为南陵主簿，迁武功令。性耿介，敢于抑制地方豪强，打击恶势力，又重视农业，深得百姓拥护，守法不阿，迁都官员外郎，后为建州（今福建建瓯）刺史，以礼治下，建州赖以安。卒于官。其诗风格近似刘长卿。诗集本名《建州刺史集》，又称《梨岳集》。《全唐诗》编其诗三卷。

## 秦原早望①

一忝乡书荐，长安未得回②。年光逐渭水，春色上秦台③。
燕掠平芜去，人冲细雨来④。东风生故里，又过几花开⑤。

① 本篇系作者未登进士前的某年春秦原早望忆故乡所作。“秦”，一作“春”。

②“忝”，谦辞，表示辱没他人，自己有愧。“乡书荐”，唐时取士由地方选送中央考试，称为乡贡。被举送应试的人称为举人。唐人常说的“举进士”即指此。（《唐摭言·会昌五年举格节文》中已叙及）“乡书荐”，即指此事。“未得回”，指其在京参加科举考试，经过了落第的挫折（其《东渭桥晚眺》中有“落第春难过，穷途日易愁”句），后来终于得中（有《及第后归》一诗），困顿长安科场数年，故曰“未得回”。

③ 这两句有逝者如斯之感喟。“秦台”，即秦原。

④ 这两句写旱望时的境况。“平芜”，杂草繁茂的原野。

⑤ 这两句写故乡之思。“几花开”，花期一年一开，几花开即经过了几年之意。

## 岐山逢陕下故人[①]

三秦一会面，二陕久分携[②]。共忆黄河北，相留白日西[③]。寄来书少达，别后梦多迷[④]。早晚期于此，看花听鸟啼[⑤]。

①“岐山”，县名，在岐山西南，县以山得名，属凤翔府。“陕下”，即陕陌（陕原）之下。陕陌，地在今河南三门峡市陕州区西南。

②“三秦”，地名。项羽破秦入关，三分秦关中之地予秦之三降将。后来泛指关陕一带为三秦。“二陕”，陕东和陕西，相传周初周公、召公分治二陕。此处指诗人与故友分居二陕之地。

③“黄河北”，故人之地。“白日西”，诗人居处。因岐山在长安以西，故云。“白日”，喻皇帝，代指京师。

④“书少达”，很少接到书信。“迷”，迷恋。

⑤ 这两句写故人相逢之乐。“期”，邀约，会合。

## 送凤翔范书记[①]

西京无暑气，夏景似清秋[②]。天府来相辟，高人去自由[③]。江山通蜀国，日月近神州[④]。若共将军语，河兰地未收[⑤]。

①“凤翔”，府名。地在长安西，今为陕西省宝鸡市凤翔区。“书记”，掌管书牍记录的官员。

②“西京”，指凤翔。古时国都以外，别设陪都，凤翔以位于京都以西，故有西京之称。唐至德二载（757），以凤翔为西京，宝应元年（762）废，前后仅五年。

③“天府”，谓自然条件优越而形势险固、物产富饶的地方。以诗中所述，当指蜀地。“辟”，征召并授予官职。“高人”，超世俗之人，此处指范书记。

④“通蜀国”，指凤翔的山水与蜀地相连通。“近神州”，指凤翔地理位置与长安相近。神州，指京都。

⑤这两句是对范书记的嘱托。“河兰”，河州与兰州。河州，治所在抱罕（今甘肃临夏东北）。兰州治所在金城（今兰州市）。此二州于代宗宝应元年（762）陷于吐蕃，其时尚未收回。

## 曹　邺

曹邺，字业之，桂州（州治在今广西桂林）人。大中四年（850）进士及第。官祠部郎中，洋州（州治在今陕西洋县）刺史。其诗多抒写政治上不得志的感慨，亦反映当时的社会现实。最著者为《官仓鼠》：“官仓老鼠大如斗，见人开仓亦不走。健儿无粮百姓饥，谁遣朝朝入君口。”《全唐诗》编其诗二卷。

## 始皇陵下作[①]

千金买鱼灯，泉下照狐兔[②]。行人上陵过，却吊扶苏墓[③]。累累圹中物[④]，多于养生具。若使山可移，应将秦国去[⑤]。舜殁虽在前，今犹未封树[⑥]。

① 本篇作于始皇陵下，对其厚葬之风予以嘲讽。始皇陵即秦始皇陵，在骊山下（今西安市临潼区城东五公里处）。

②“鱼灯”，用人鱼（娃娃鱼）脂肠作燃料的灯。“泉下”，即始皇陵寝，穿三层泉水的深度而成。《史记·秦始皇本纪》言其陵：“穿三泉，下铜而致椁……以人鱼膏为烛，度不灭者久之。”“照狐兔”，即鱼灯照狐兔。狐与兔拱始皇陵寝而入其中，故云。

③“上陵过”，从始皇陵经过。“扶苏墓”，扶苏是秦始皇长子，被李斯等人矫诏问罪而自杀，墓在今陕西绥德县，距始皇陵千里之遥。

④“累累”句，言陵中陪葬之物甚多。“圹（kuàng）”，墓穴。

⑤ 这两句说，倘若山可移动，那整个秦国都会被陪葬。“将”，取，拿。

⑥ 这两句以舜与始皇相比，形成强烈的反讽效果。“舜”，传说中的上古明君，死于苍梧（地在今湖南宁远县境）之野。“封树”，聚土为坟称封，植树作标记称“树”，是古代士以上的葬礼。

## 司马扎

司马扎，大中时诗人。《全唐诗》编其诗一卷。

## 自渭南晚次华州[①]

前楼仙鼎原，西经赤水渡[②]。火云入村巷，馀雨依驿树。
我行伤去国[③]，疲马屡回顾。有如无窠鸟，触热不得住。
峨峨华峰近[④]，城郭生夕雾。逆旅何人寻，行客暗中住[⑤]。
却思林丘卧，自惬平生素。劳役今若兹，羞吟招隐句[⑥]。

①渭南，县名，地在华州西邻。“华州”，州名。州治在今陕西渭南华州区。“次”，止宿。

②“仙鼎原”，指渭南南原。“赤水”，水名。在渭南华州间，赤水出自秦岭，北注渭水。“楼”，一作“登”。

③“去国”，此处指离开故乡。

④“峨峨”，“华峰”，指少华山山峰。

⑤“暗中住”，言住宿人难知晓。

⑥“役”，事。劳役，行事之辛劳。“招隐”，即楚辞《招隐士》，辞中言征召隐士出仕。这两句是说以出仕为羞。

## 高　骈

高骈（821—887），字千里，幽州（今北京西南）人。唐末大将。南平郡王崇文之孙。懿宗时，为刑部尚书、诸道行营招讨使。僖宗时，封燕国公、渤海郡王。割据一方，僖宗夺其兵权。后因部将火并而被杀。《全唐诗》编其诗一卷。

## 马嵬驿

玉颜虽掩马嵬尘[1]，冤气和烟锁渭津[2]。蝉鬓不随銮驾去[3]，至今空感往来人[4]。

① 这句言杨贵妃死于马嵬。"玉颜"，代指杨妃。

② 这句言杨妃的冤气极重。"渭津"，渭水。

③ "蝉鬓"，古代妇女的一种发式。蝉身黑而光润，鬓部突出，故称。此处代指杨妃。"銮驾"，天子的车驾，亦用以指代天子，此处指玄宗。

④ 这句言杨贵妃之遭遇至今徒然感动着往来之人。清代洪升《长生殿》杂剧中写杨贵妃的《七转》可参读："破不剌马嵬驿舍，冷清清佛堂倒斜，一代红颜为君绝。千秋遗恨滴罗巾血。半棵树是薄命碑碣，一抔土是断肠墓穴。再无人过荒凉野，莽天涯谁吊梨花榭。可怜那抱幽怨的孤魂，只伴着呜咽咽的悲声啼夜月。""空"，徒然。

# 于　渍

于渍，字子奇，咸通进士。终泗州判官。《全唐诗》编其诗一卷。

## 长城[1]

秦皇岂无德，蒙氏非不武[2]。岂将版筑功，万里遮胡虏[3]。团沙世所难，作垒明知苦[4]。死者倍堪伤，僵尸犹抱杵[5]。十年居上郡，四海谁为主[6]。纵使骨为尘，冤名不入土[7]。

①“长城”，秦始皇统一六国，以战国时诸侯国原有长城为基础修筑，西起临洮，东达辽东，称万里长城。此篇因蒙恬被冤而感发。

②“蒙氏”，指蒙恬，他系秦将，“攻齐，大破之”，故曰“蒙氏非不武”。

③“版筑”，筑墙时用两版相夹，以泥土置其中，用杵舂实。这里指筑长城。“胡虏”，指匈奴。

④“团沙”，团沙土作筑城之材。“作垒”，即修长城。

⑤“杵（chǔ）”，筑城舂土的工具。

⑥“十年”句，《史记·蒙恬列传》云：“秦已并天下，乃使蒙恬将三十万众北逐戎狄，收河南。筑长城，因地形，用制险塞。起临洮，至辽东，延袤万馀里。……暴师于外十馀年，居上郡。”上郡，郡名，秦昭王三年置领肤施等二十三县。地在今陕西延安、榆林一带。“四海”句，用设问句式，既言秦始皇为四海之主，又言蒙恬威震匈奴，是保四海平安之主。

⑦“骨为尘”，埋骨时已久远，故骨化尘。蒙恬墓在今陕北绥德县。“冤名”，始皇死后，赵高立二世，矫诏逼令蒙恬自杀，蒙恬含冤而死。“不入土”，言蒙恬冤名永留人间。

## 李昌符

李昌符，字岩梦。咸通四年（863）登进士第。历尚书郎、膳部员外郎。《全唐诗》编其诗一卷。

## 夜泊渭津[①]

漂漂东去客，一宿渭城边[②]。远处星垂岸，中流月满船。
凉归夜深簟，秋入雨馀天[③]。渐觉家山小，残程尚几年[④]。

①“渭津”，此处指渭城之渭水渡口。津，渡口。
②“漂漂”，漂浮，此处指乘舟东去。“东去客”，作者自指。“渭城”，汉代城名。地在今咸阳市区。
③“簟”，竹席。“雨馀天”，关中地区秋日多雨，作者此次行役，正逢霖雨之后，故曰“雨馀天”。
④“渐觉”句，言离家乡越来越远。这两句是说，此次东去，不知几年方能返回。“残程”，剩馀的命途。残，剩余。

# 许 棠

许棠，字文化，宣州泾县（今属安徽）人。咸通十二年（871）登进士第，授泾县尉，又尝为江宁丞。《全唐诗》编其诗二卷。

## 登渭南县楼[①]

近甸名偏著，登城景又宽[②]。半空分太华[③]，极目是长安。
雪助河流涨，人耕烧色残[④]。闲来时甚少，欲下重凭栏。

①“渭南”，县名，位于长安东百二十里。地在今渭南市临渭区境内。

②“近甸”，古代称都城郊外的地方为近甸，其距都城较近，渭南与长安相距仅一百里馀，故有是称。“著”，明显，显露。

③“太华”，西岳华山。华山与渭南距离较近。

④“河”，指渭河，渭河从渭南城北流过。“烧色”，指烧荒。

## 春暮途次华山下[①]

他皆宴牡丹[②]，独又出长安。远道行非易，无图住自难[③]。
离城风已暖，近岳雨翻寒[④]。此去知谁顾，闲吟只自宽[⑤]。

①“次”，停留。

②“他”，他人。“宴牡丹”，牡丹国色，花开而动京城，每春暮，车马若狂而赏牡丹。宴，安乐。

③“图”，计议，谋划。

④“岳”，指华岳。“翻”，反而，反倒。

⑤这两句写对前程的怅惘之情。

## 宿同州厉评事旧业寄华下[①]

从戎依远地，无日见家山。地近风沙处，城当甸服间[②]。
阻河通渭水，曲苑带秦关[③]。待月登楼夜，何人相伴闲。

①“同州”，州名，州治在今陕西大荔县。“华下”，华山之下。这是作者

从戎途经同州时所作。

②“风沙处”，指州南之沙苑。沙苑，见杜甫《沙苑行》注①。“甸服”，古代在王畿外围，每五百里为一区划，依距离分为侯服、甸服、绥服、要服、荒服五服。按地理，此处“甸服”当为误用，因同州距长安在三百里以内。

③“河”，指漆、沮二水。二水注入洛水，故洛水又称漆沮。《禹贡》：“漆沮既从，沣水攸同。”言二水至此同流入渭，城居其地，故曰同州。“曲苑”，即沙苑。“秦关”，即蒲津关，见李世民《早度蒲津关》注①。

## 过分水岭[①]

陇山高共鸟行齐，瞰险盘空甚蹑梯[②]。云势崩腾时向背，水声呜咽若东西[③]。风兼雨气吹人面，石带冰棱碍马蹄[④]。此去秦川无别路，隔崖穷谷却难迷[⑤]。

①“分水岭”，见卢照邻《陇头水》注①。

② 这两句言陇山之高危。“甚蹑梯”，有甚于登梯。

③ 这两句言陇山之云水。“云势崩腾”，写云涌翻之状；“水声呜咽”，写弱水奔流之声。

④ 这两句写诗人当时之所感。

⑤ 这两句写诗人入秦之识途。“秦川”，即关中。“穷谷”，山谷尽头。

## 雕阴道中作[1]

五月绥州北，途程少郁蒸[2]。马依膻草聚，人抱浊河澄[3]。迹固长城垒，冤深太子陵[4]。往来经此地，悲苦有谁能[5]。

①“雕阴”，郡名。西魏置，唐时改为绥州，州治绥德（今属陕西）。

②“郁蒸”，茂密植被之热蒸。意为仲夏五月，此地并不很热。

③“膻草”，有羊臭、羊的气味的草。此指牧草。“人抱”句，句下原注：“边人多以瓮抱水。”这句说，人贮浊水待澄清以食用。

④“迹”，脚印。引申为痕迹，遗迹。“垒”，军营墙壁或防守工事。“太子陵”，指秦公子扶苏墓。墓在今绥德城南之山巅。这两句说，扶苏监蒙恬军修长城，秦始皇病死沙丘后，李斯赵高矫诏赐扶苏死。故云。

⑤“能”，及，到。

## 司空图

司空图（837—908），字表圣，河中（今山西永济）人。咸通中进士及第，官至知制诰、中书舍人。光启三年（887），归隐中条山王官谷。有《司空表圣诗集》。另有《诗品》二十四则，用象征的语言来形容诗的各种风格，对后代严羽、王士禛的诗论颇有影响。《全唐诗》编其诗三卷。

## 华阴县楼[①]

丹霄能有几层梯[②]，懒更扬鞭耸翠蜺[③]。偶凭危栏且南望[④]，不劳高掌欲相携[⑤]。

①“华阴县”，县名，县城在华山脚下。

②“丹霄”，天空。此处寓意华山之高，磴道阶级之多。

③“蜺（ní）”，即霓，副虹。“耸翠蜺”，耸立到翠霓之上。“翠”，青绿色。

④“危栏”，高栏。

⑤“不劳”，用不着。“高掌”，指华山东峰，峰侧石上有痕，自下望之，很像手掌，五指俱全，故曰仙掌或高掌。“携”，拉。

## 携仙箓九首[①]（选三首）

岳北秋空渭北川[②]，晴云渐薄薄如烟。坐来还见微风起，吹散残阳一片蝉。

① 这首诗是该组诗的第一首。“箓”，道教的秘文。天下名山僧占多，华山为道家所居，故用携仙箓作了标题。

②“岳”，指华岳。“渭北川”，指渭河北边的关中平原。

一半晴空一半云，远笼仙掌日初曛[①]。洞天有路不知处[②]，绝顶异香难更闻。

①这首诗是该组诗中的第二首。“仙掌”，指华岳仙掌（东峰）。“曛”，落日，黄昏时。

②“洞天”，洞中别有天地之义。道家以此称仙人所居之处。

此生得作太平人，只向尘中便出尘[①]。移取碧桃花万树，年年自乐故乡春。

①这首诗是该组诗中的第九首。两句是说太平年间人世之美。“出尘”，超出尘俗之外。

## 题裴晋公华岳庙题名[①]

岳前大队赴淮西，从此中原息鼓鼙[②]。石阙莫教苔藓上，分明认取晋公题[③]。

①唐宪宗元和九年（814），淮西节度使吴少阳病死，其子吴元济请袭位，未得朝廷允许，遂自领军务，为乱淮西，关东大震。元和十二年（817），宪宗命裴度为统帅出征剿灭，是年冬，破蔡州（今河南汝南），擒吴元济。裴度出征途经华山时，曾题名华岳庙石阙之门。昭宗大顺年间，司空图遂以诗记此事。“裴晋公”，即裴度。淮西大捷后，赐裴度晋国公爵。“华岳庙”，在华山下。

②这两句写唐官军赴淮西平叛之事。“岳”，即华岳。“息鼓鼙”，息止战争。“鼓鼙”，乐器，大鼓和小鼓，进军时敲击以励战士。代指战争。“鼓”，一作“战”。

③ 这两句颂扬裴度平淮西之功。“莫教苔藓上”，不要教苔藓生于石阙而掩盖了裴公所题之名。中唐裴度戡乱，名标青史，晚唐天下大乱，司空图此诗，自然流露出戡乱以恢复中央统治之意。

## 皮日休

皮日休（约834—902），字袭美，一字逸少，襄阳（今属湖北）人，早年住鹿门山，自号鹿门子。懿宗咸通间进士及第。曾任太常博士，毗陵副使。后参加黄巢起义军，为翰林学士。旧史说他因故被黄巢所杀。一说黄巢败后为唐室所害。或谓黄巢败后流落江南病死。诗文与陆龟蒙齐名，人称“皮陆”。其部分诗篇为忧时愤世之作，暴露了统治阶级之腐朽，反映了人民的痛苦，继承了白居易新乐府的传统。有《皮子文薮》。《全唐诗》编其诗九卷。

### 哀陇民①

陇山千万仞②，鹦鹉巢其巅。穷危又极险，其山犹不全③。
蚩蚩陇之民，悬度如登天④。空中觇其巢，堕者争纷然⑤。
百禽不一得，十人九死焉。陇川有戍卒⑥，戍卒亦不闲。
将命提雕笼，直至金堂前⑦。彼毛不自珍，彼舌不自言⑧。
胡为轻人命，奉此玩好端⑨。吾闻古圣王，珍禽皆舍旃⑩。
今此陇民属，每岁啼涟涟。

①本篇是《正乐府十篇》中的第十篇。“陇民”，陇山之民。陇山产鹦鹉，其舌巧，统治者遂逼民人进山捕捉鹦鹉以进贡，以致死人甚多，皮日休见而愤恨，遂作《哀陇民》。

②“陇山”，见卢照邻《入秦川界》注②。

③这两句言陇山范围很大，虽探索了些危险之地，但还未遍及全山。

④“嵳嵳”，敦厚貌。“悬度如登天”，上山时身系绳索悬空而过，难于登天。

⑤“觇（chān）”，窥视。“堕者争纷然”，摔下来的人很多。争，争抢，此处指争抢捕鹦鹉而失事者频繁。纷然，众多貌。

⑥“戍卒”，守边的士兵。

⑦“将命”，奉上级之命。“金堂”，官府的厅堂。

⑧这两句说，鹦鹉不会珍重它的羽毛，不经人教也不会说话。

⑨这两句说，为何不惜牺牲人的性命，来捕此鸟以供皇帝玩赏。“奉”，奉承。“玩好端”，玩赏之事。

⑩“旃（zhān）”，虚词。“舍旃”，舍弃。

## 题潼关兰若[①]

潼津罢警有招提[②]，近百年无战马嘶。壮士不言三尺剑，谋臣休道一丸泥[③]。昔时驰道洪波上[④]，今日宸居紫气西[⑤]。关吏不劳重借问，弃繻生拟入耶溪[⑥]。

①“兰若（rě）”，指寺院。是梵语“阿兰若”的省称，意为寂而净、无苦恼烦乱之处。

②“潼津”，潼关。唐曾在这一带设潼津县。“罢警”，战乱停息。“招提”，寺院的别称。

③“三尺剑”，言武事。杜甫《重经昭陵》：“风云三尺剑，社稷一戎衣。”“一丸泥”，比喻地势重要，用丸泥塞封，即可阻敌。此处用王元故事，见李世民《入潼关》注⑨。

④“驰道”，驰马所行之道，指大道。“洪波”，指黄河。

⑤“宸居”，帝王所居之处。指京都长安。“紫气”，古人认为的祥瑞之气。此处指函谷关。老子入函谷关，关令尹喜说有紫气东来。长安在函谷关之西，故云“紫气西”。

⑥“借问”，向人询问。“弃𦈡生”，指西汉终军故事，见李世民《入潼关》注⑧。“耶溪”，即若耶溪，水名。在今浙江绍兴东南若邪山下。

## 李山甫

李山甫，懿宗咸通中累举不第，虽落魄而有不羁之才，依魏博幕府为从事。《全唐诗》编其诗一卷。

### 蒲关西道中作①

国东王气凝蒲关②，楼台帖出晴空间。紫烟横捧大舜庙，黄河直打中条山③。地锁咽喉千古壮④，风传歌吹万家闲。来来去去身依旧，未及潘年鬓已斑⑤。

①“蒲关”，见李隆基《早度蒲津关》注①。

②“国”，指国都长安。“王气”，古人迷信望气之术，认为帝王所在之地有王气。相传上古明君虞舜建都于蒲坂（今山西永济），故曰“王气凝蒲关”。

③“大舜庙”，虞舜之庙。因舜帝建都于蒲坂，后人在此建庙以祀。蒲关在蒲坂西之黄河西岸。“中条山”，在今山西省西南部，是一座东北—西南走向的山脉。主峰雪花山，在永济东南。

④“地锁咽喉”，指蒲关所处山河要隘，地位重要。

⑤“潘年”，晋潘岳《秋兴赋·序》：“余春秋三十有二，始见二毛（黑、白头发相间）。”赋：“斑鬓髟以承弁兮，素发飒以垂领。”后因以潘鬓或潘年为中年鬓发初白的代名词。

## 罗　邺

罗邺，馀杭（今属浙江）人，累举进士不第。昭宗光化中，以韦庄奏，追赐进士及第，赠官补阙。《全唐诗》编其诗一卷。

### 春夜赤水驿旅怀[①]

一星残烛照离堂，失计游心归渺茫[②]。不自寻思无道路，为谁辛苦竞时光[③]。九衢春色休回首[④]，半夜溪声正梦乡。却羡去年买山侣，月斜渔艇倚潇湘[⑤]。

①“赤水驿”，在华州西。咸通中，罗邺数次下第，本篇当是某次下第东归时所作。“怀”，此处指怀想。

②“一星残烛”，烛将烬时景况，光小如星，极言小也。“离堂”，将离别之堂屋。指旅舍。“失计”，失策、失算，这里指下第。

③“不自寻思”，若不自己寻思。“道路”，人生之路。“竞时光”，耗费时光。竞，竞争，竞赛。此处为耗费之意。

④“九衢”，四通八达的道路。

⑤“买山侣”，买山隐居之同伴。侣，同伴。“潇湘”，湘江与潇水的并称。借指今湖南一带地区。

## 罗　隐

罗隐（833—909），本名横，字昭谏，新城（今浙江省富阳市）人，以十举进士不第，遂改名。僖宗光启中，入镇海节度使钱镠幕，累官钱塘令、节度判官、著作郎，奏授司勋郎。其诗多激愤之作，有《罗昭谏集》。《全唐诗》编其诗十一卷。

### 焚书坑[①]

千载遗踪一窖尘[②]，路傍耕者亦伤神。祖龙算事浑乖角[③]，将谓诗书活得人[④]。

① 本篇是讽刺秦始皇焚书暴行的。秦始皇三十四年（前213），秦始皇采

纳丞相李斯之奏议，下令在全国范围内焚毁儒家《诗》《书》和百家之书等，此次秦火，造成了中国历史上一场文化浩劫。焚书坑据传是当年焚书的一个洞穴，旧址在今陕西临潼骊山。

②“遗踪”，指焚书坑的遗址。

③“祖龙”，指秦始皇。《史记·秦始皇本纪》集解引苏林说：“祖，始也。龙，人君象，谓始皇也。”“算事”，计划谋事。“浑”，全，满。“乖角”，错误，怪僻。

④这句是说，诗书的存在，会影响或主导秦朝人，于统治不利。也就是李斯所谓的“语皆道古以害今，饰虚言以乱实，人善其所私学（人们都以为自己一派的学说最好），以非上所建立（以否定朝廷的法令制度）”。“活”，生，生存。

## 登夏州城楼①

寒城猎猎戍旗风，独倚危楼怅望中②。万里山河唐土地，千年魂魄晋英雄③。离心不忍听边马，往事应须问塞鸿④。好脱儒冠从校尉，一枝长戟六钧弓⑤。

①“夏州”，州名。汉为奢延县地，晋时为夏王赫连勃勃建都的统万城。后魏灭夏，改名夏州。城在无定河支流清水东岸，紧倚长城，地在今陕北靖边县境内。唐末，拓跋思恭镇守其地。

②“猎猎”，风声。“戍旗”，边防要塞的戍军之旗。“危楼”，高楼。

③“晋英雄”，晋地的英雄，指吐谷浑。吐谷浑系鲜卑族，本居辽东，魏晋时西迁至阴山南至晋北一带，是北魏属国，于公元431年而灭大夏国。

④“塞鸿”，古有鸿雁传书之故事，言边塞鸿雁可以寄书。见温庭筠《苏武庙》注③。

⑤这两句有弃文就武之意。“儒冠”，儒生所戴的帽子，后转作儒生的代称。此处系作者自指。“校尉”，官名。汉为将领之称，唐为武散官之号。此处指拓跋思恭。“六钧弓”，指强弓。《左传·定公八年》：“颜高之弓六钧。”三十斤为一钧，“六钧”极言拉力之强。

## 郑 谷

郑谷，字守愚，袁州（治今江西宜春）人。僖宗光启三年（887）进士及第，官至都官郎中，人称“郑都官”。又以《鹧鸪》诗闻名，人称“郑鹧鸪”。乾宁三年（896），唐昭宗避难华州，他也赶去，“寓居云台道舍”，因自命诗集为《云台编》。郑谷的诗属唐末轻巧清快之格调，诗名颇高。《全唐诗》编其诗四卷。

### 少华甘露寺[①]

石门萝径与天邻，雨桧风篁远近闻[②]。饮涧鹿喧双派水，上楼僧蹋一梯云[③]。孤烟薄暮关城没，远色初晴渭曲分[④]。长欲然香来此宿[⑤]，北林猿鹤旧同群[⑥]。

①“少华”，即少华山。“甘露寺”，在少华山上。

②“与天邻”，言甘露寺之高。“篁”，竹。

③“派”，河水的支流。“上楼”，一作“登山”。

④“关城”，指华州城。“渭曲”，地名。在今陕西省大荔县东南。

⑤“然香”，即燃香。“然”，“燃”的本字。

⑥ 与猿鹤同群，言其林下之乐。

## 潼关道中

白道晓霜迷，离灯照马嘶[①]。秋风满关树，残月隔河鸡[②]。来往非无倦，穷通岂易齐[③]。何年归故社[④]，披雨剪春畦。

①“白道”，有霜迹的道路。“离灯”，承上句之“晓”，言上道前尚需灯火照明。

②“河”，指黄河。

③“穷通”，穷困和通达。

④“故社”，故乡，故里。社，古代地方基层行政单位，相当于“里”。

## 沙苑[①]

茫茫信马行，不似近都城[②]。苑吏犹迷路，江人莫问程[③]。聚来千嶂出，落去一川平[④]。日暮客心速，愁闻雁数声[⑤]。

①“沙苑”，见杜甫《沙苑行》注①。

②“茫茫”，旷远貌。“信马行”，由马任意行走。

③ 沙苑为唐代关中牧马佳处，设有官家苑囿，故有苑吏。“江人”，作者

自指。因作者本贯袁州（治所在今江西宜春），临近赣江，故云。

④ 千嶂出，指南边的华山，河东的中条山。“一川平”，沙苑地处关中平原，故云。

⑤“心速”，心跳加快。

## 渭阳楼闲望①

千重二华见皇州，望尽凝岚即此楼②。细雨不藏秦树色，夕阳空照渭河流。后车宁见前车覆，今日难忘昨日忧。扰扰尘中犹未已，可能疏傅独能休③。

① 此诗系其随昭宗避难华州时所作。“渭阳楼”，楼名。在华州渭河北。

②“二华”，指华山与少华山。“岚”，山里的雾气。“楼”，指渭阳楼。

③ 这四句写昭宗避难华州。乾宁三年（896）七月，凤翔节度使、军阀李茂贞逼京师，镇国军节度使韩建来朝，昭宗被迫避难华州。“后车”句，唐代皇帝避祸他乡，已有数例，如唐玄宗奔蜀，唐德宗奔奉天（今陕西乾县）、奔梁州（州治在今陕西汉中汉台区），唐僖宗奔蜀。“宁”，岂，难道。“今日”句，语义双关，既言此前避祸诸帝之忧，又言昭宗被迫东奔之忧。最末两句是说昭宗遭难，天下扰扰，自己能像汉代“二疏”那样谢病免归吗？“扰扰”，纷乱貌。“疏傅”，指汉二疏（疏广、疏受），这叔侄二人在宣帝时分别任太傅和少傅，朝廷以为荣，在位五岁，俱谢病免归。

# 吴　融

吴融，字子华，越州山阴（今浙江绍兴）人。昭宗龙纪元年（889）进士。昭宗为宦官韩全诲等所劫持，朱全忠、李茂贞等军阀皆欲挟天子以令诸侯，时吴融为左补阙，拜中书舍人。天复元年（901）昭宗反正，吴融受命起草诏书十数篇，简备精当，进户部侍郎，后昭宗被劫去凤翔，吴融未及相从，去客阌乡。随之召为翰林承旨，卒。吴融诗风靡丽有馀，而雅重不足。有《唐英集》。《全唐诗》编其诗四卷。

## 雪后过昭应①

路过章台气象宽，九重城阙在云端②。烟含上苑沉沉紫，雪露南山㧐㧐寒③。绮陌已堪骑宝马，绿芜行即弹金丸④。灞川南北真图画，更待残阳一望看⑤。

①“昭应”，见耿湋《晚次昭应》注①。

②“章台”，战国时建，以宫内有章台而名。在长安县故城西南隅。《史记·蔺相如传》记秦王坐章台见相如，相如奉璧奏秦王，即此台。在台下有章台街。汉京兆尹张敞罢朝会，走马过章台街，即指此。吴融亦如此效法。“九重城阙”，指京城。皇帝住的地方有九道门，叫作九重。

③“上苑”，即唐禁苑，在城北。“南山”，指终南山。“㧐（sǒng）”，同“悚”，惧怕。

④“弹金丸”，指打猎。

⑤这两句说，昭应的骊山晚照景致极佳。“灞川”，灞河边的平原，骊山西坡度渐缓，一气贯下，而接灞川。夕阳遥映，极目远眺，优美如画，真佳景也。骊山晚照为关中八景之一。

## 过九成宫[①]

凤辇东归二百年，九成宫殿半荒阡[②]。魏公碑字封苍藓，文帝泉声落野田[③]。碧草断沾仙掌露，绿杨犹忆御炉烟[④]。升平旧事无人说，万叠青山但一川[⑤]。

①“九成宫”，吴融生于晚唐，大唐雄风已不再，故过九成宫而追忆，而向往，而无可奈何。此诗实属感慨系之。

②“凤辇”句，是说从唐太宗唐高宗游罢九成宫到唐末已历二百馀年。凤辇，帝王之车。“东归”，因九成宫属凤翔府所辖，地在长安之西，故从该宫回长安曰东归。“半荒阡”，言九成宫的道路已半生野草，少有皇帝再去。

③“魏公碑字”，贞观六年（632），九成宫得泉，帝命魏徵作铭、欧阳询书丹，称《九成宫醴泉铭》。“文帝”，指唐太宗，其徽号为“文武大圣大广孝皇帝”，故称文帝。“泉声”，句下原注：“太宗行幸，有灵泉自涌。”

④这两句是说，九成宫碧草绿杨犹追忆太宗。“霑”，润泽，沾濡。

⑤“升平旧事”，指创立贞观之治的太宗避暑九成宫事。“万叠青山”，指九成宫周围之地貌。“川”，指九成宫旁的漆水河。

## 离岐下题西湖[①]

送夏迎秋几醉来，不堪行色被蝉催[②]。身随渭水看归远，梦挂秦云约自回[③]。雨细若为抛钓艇[④]，月明谁复上歌台。千波万浪西风急，更为红蕖把一杯[⑤]。

①“岐下”，岐山之下，即岐山县。

②“不堪行色”，即行色不堪。不堪，用在消极意义的词后边，表示程度深。“行色”，出行的神态。

③“身随渭水”，渭水流经岐山县，此句写其将乘舟东归。“梦挂”句，言自己还要回到秦中。

④“若为”，如何，怎样。

⑤“红蕖”，红色的荷花。蕖，芙蕖，荷花的别名。

# 韦　庄

韦庄（约836—910），字端己，京兆杜陵（今陕西省西安市东南）人。昭宗乾宁元年（894）登进士第，授校书郎，转补阙，李询为西川宣谕和协使，韦庄为判官，以中原黄巢起义，潜依西川藩将王建。王建辟为掌书记。唐亡，王建建立前蜀，以其为宰相。韦庄饱受乱离之苦，多伤时之作，早年作《秦妇吟》长诗，颇有名。他又是著名词人，词风秾丽柔媚，是“花间词派”的标志性人物。有《浣花集》。《全唐诗》编其诗六卷。

## 关河道中[①]

槐陌蝉声柳市风，驿楼高倚夕阳东[②]。往来千里路长在，聚散十年人不同。但见时光流似箭，岂知天道曲如弓[③]。平生志业匡尧舜，又拟沧浪学钓翁[④]。

①这首诗是诗人壮志未酬后所舒之愤懑。“关河”，指潼关、黄河。

②“驿楼”，关西驿的亭楼。关西驿在潼关西二里许。

③“天道”，古人认为天神支配人类的命运，此句叹天道的高深莫测。“曲如弓”，微词也，怨天道并不正直。东汉顺帝末京都童谣：“直如弦，死道边；曲如钩，反封侯。”可参读。

④“志业”，志向和事业。“匡”，辅佐。“尧舜”，古代两位圣君，此处代指当朝皇帝。“学钓翁”，去学垂钓的渔翁（指隐居）。言其有志难伸也。

## 登咸阳县楼望雨[①]

乱云如兽出山前，细雨和风满渭川[②]。尽日空濛无所见，雁行斜去字联联[③]。

①“咸阳”，县名。唐武德二年（619）置，在长安西。

②“山”，指终南山。“渭川”，即渭河。

③“空濛”，混蒙迷茫之状，多形容烟岚雨雾。“字联联”，是说雁行不断。联联，接连不断。

## 绥州作①

雕阴无树水难流，雉堞连云古帝州②。带雨晚驼鸣远戍，望乡孤客倚高楼③。明妃去日花应笑，蔡琰归时鬓已秋④。一曲单于暮烽起，扶苏城上月如钩⑤。

①“绥州”，地名。州治在今陕西省榆林市绥德县。

②“雕阴”，郡名，唐时更名为绥州。“雉堞”，城墙长三丈广一丈为雉；堞，女墙，即城上端凹凸叠起之墙。泛指城墙。“帝州”，国都。

③“戍”，边防区域的营垒，城堡。“孤客”，作者自指。

④“明妃”，即王昭君，汉代秭归人，名嫱，字昭君（晋人避司马昭讳，改称明君，后人又称明妃），元帝宫人。被和亲到匈奴为阏氏（汉时匈奴主妻妾的称号）。“去日”，远嫁匈奴路过绥州之日。“蔡琰”，东汉陈留人。字文姬。兴平年间为乱兵所掠，嫁南匈奴左贤王，留居匈奴十二年，汉献帝建安十三年（208）曹操遣使以金赎回，改嫁同郡屯田都尉董祀。

⑤“扶苏城”，指绥州城。秦始皇时，长子公子扶苏监蒙恬军于此，后因赵高、李斯矫诏，被迫自杀而葬于此。故云。

## 汧阳间①

汧水悠悠去似絣，远山如画翠眉横②。僧寻野渡归吴岳，雁带斜阳入渭城③。边静不收蕃帐马，地贫惟卖陇山鹦④。牧童何处吹羌笛，一曲梅花出塞声⑤。

①“汧（qiān）阳”，县名，因在汧水之北，故名。今名千阳，属陕西省。题一作《汧阳县阁》。

②“汧水”，水名。渭河支流。今名千河。源出甘肃六盘山南麓，东南流经汧阳入渭。絣（bēng），用杂色线所织之布。也泛指线绳。此处以线绳状汧水。

③“吴岳”，山名。在今陕西陇县西南，地近汧阳，又名岳山。“渭城”，见王维《观猎》注②。

④“边静”，指边境未生战尘。“蕃”，通“藩”。指边境地区少数民族。“陇山鹦”，见皮日休《哀陇民》注①。因陇山鹦鹉舌巧，遂被作为进贡之物，故能“卖”。

⑤“羌笛”，乐器，原出古羌族。“梅花”，即梅花落，汉横吹曲名。本笛中曲。

## 丙辰年鄜州遇寒食城外醉吟五首（选二首）①

### 一

满街杨柳绿丝烟，画出清明二月天。好是隔帘花树动，女郎撩乱送秋千②。

①“丙辰年”，指昭宗乾宁三年（896）。“鄜州”，州名，治所在今陕西富县。“寒食”，见李隆基《初入秦川路逢寒食》注①。

② 该诗是组诗中的第一首，写秋千女郎。“撩乱”，纷乱。

二

雕阴寒食足游人[①]，金凤罗衣湿麝薰[②]。肠断入城芳草路[③]，淡红香白一群群[④]。

① 该诗是醉吟五首中的第二首。写游春之人。“雕阴”，县名。战国时属魏地，汉置县，属上郡。三国魏时县废，故城在今陕西甘泉县南，富县北。

②“麝薰”，用麝香所散之香烟以薰衣裳。

③“肠断”，形容悲痛至极。此是作者自谓，因内心悲痛而羡慕游春之人也。

④“淡红香白”，以各色衣服代指青年男女。

## 翁承赞

翁承赞，字文尧，昭宗乾宁三年（896）登进士第，任京兆府参军。唐亡后，于后梁开平四年（910）仕闽王王审知，任谏议大夫、御史大夫等职。《全唐诗》编其诗一卷。

### 华下霁后晚眺[①]

结茅幽寂近禅林[②]，霁景烟光著柳阴。千嶂华山云外秀，万重乡思望中深。老嫌白发还偷镊[③]，贫对春风亦强吟。花畔水边人不会，腾腾闲步一披襟[④]。

①“华下”，华山下。“霁”，雨停日出。

②“结茅”，茅屋。“禅林”，指寺院。

③“偷镊”，用镊子偷偷拔去。“强”，勉强。

④“人不会”，所约之人未到。“腾腾”，懒散，随便。

## 李　洞

李洞，字才江，京兆人。昭宗时不第，游蜀卒。《全唐诗》编其诗一卷。

### 绣岭宫词[①]

春日迟迟春草绿，野棠开尽飘香玉[②]。绣岭宫前鹤发翁，犹唱开元太平曲[③]。

①“绣岭宫”，即华清宫。因宫在骊山西绣岭上，故有是称。此诗系作者面对晚唐的衰政而发的感慨。

②“棠”，即棠梨。俗名杜梨。“香玉”，指棠梨花瓣。这两句写绣岭宫春日之荒寂。

③“鹤发”，白发。鹤色白，故云。“开元”，唐玄宗年号之一，历二十九年，是唐朝最盛之时。这两句写感慨之遥深。忆开元全盛日，感目下之衰朽也；唱开元太平曲，叹目下之乱世也。《唐才子传》说李洞之诗“逼真于（贾）岛，新奇或过之”。此诗之新奇，正在于经绣岭之小景，而托出晚唐之大况。

## 和　凝

和凝，字成绩，郓州须昌（今山东东平）人，举进士。后唐天成中，历翰林学士。知贡举，所取在一时之秀。后晋天福五年（940），拜中书侍郎，同平章事。入后汉，拜太子太傅，封鲁国公，终于后周。和凝文章，以多为富。《全唐诗》编其诗一卷。

### 醴泉院①

万山岚霭簇洋城②，数处禅斋尽有名。古柏八株堆翠色，灵泉一派逗寒声③。暂游颇爱闲滋味，久住翻嫌俗性情④。珍重支公每相勉，我于儒行也修行⑤。

①“醴泉院”，寺院名，地在洋州城（今属陕西洋县）。

②“万山”，洋州南、东、北三面皆山，故云。“洋城”，即洋州州治所在的兴道（即今陕西洋县）县城。

③ 这两句写醴泉院景况。“灵泉”，对泉水的美称。此指醴泉院中泉水。

④ 这两句写在醴泉院之感受。

⑤ 这两句写礼佛之由。“支公”，晋代僧人支遁（道林）善清言，当时有盛名。后来以“支公”泛指高僧，此处指醴泉院僧人。“儒行”，本意为合乎儒家道德规范和行为准则的言行。此句指加强自身言行的修养，实与儒家无涉。

## 谭用之

谭用之，字藏用。五代末人，善为诗，为官而不达。《全唐诗》编其诗一卷。

### 渭城春晚[①]

秦树朦胧春色微，香风烟暖树依依[②]。边城夜静月初上[③]，芳草路长人未归。折柳且堪吟晚槛[④]，弄花何处醉残晖。钓乡千里断消息，满目碧云空自飞。

①“渭城”，见王维《观猎》注②。作者于春晚在城边而发惆怅之情。

②“依依”，隐约。

③“边城”，城的边缘。

④“槛”，栏杆。

### 寄岐山林逢吉明府[①]

岐山高与陇山连[②]，制锦无私服晏眠[③]。鹦鹉语中分百里[④]，凤凰声里过三年[⑤]。秦无旧俗云烟媚，周有遗风父老贤[⑥]。莫役生灵种杨柳，一枝枝折灞桥边[⑦]。

①“岐山”，县名，地在凤翔府。今属陕西。诗中第一句的“岐山”则指山名，在岐山县东北，县以山名。“明府”，唐人对县令的称呼。

②“陇山”，见卢照邻《入秦川界》注②。

③“制锦”，《左传·襄公三十一年》：“子皮（人名）欲使尹何（人名）为邑。……子产曰：‘不可。……子有美锦，不使人学制焉。大官、大邑，身之所庇也，而使学者制焉。其为美锦，不亦多乎?’”后因以制锦为称颂县令之辞。“晏眠”，安然而眠。

④“鹦鹉”，鸟名。舌柔软，经训练能效人发音。鹦鹉既能学语，陇山鹦鹉尤甚。岐山与陇山相连，亦有鹦鹉。“分百里”，能分出岐山与相邻之县治理高下不同。“百里”，指岐山县境。

⑤“凤凰声”，凤凰之鸣。以喻吉祥。《诗经·大雅·卷阿》：“凤凰鸣矣，于彼高冈。梧桐生矣，于彼朝阳。”“过三年”，指林逢吉任县令之时间。

⑥“秦”“周”，此处皆言岐山。岐山与凤翔毗连，春秋战国时，秦国在此建都三百年。岐山又是周朝的发祥地，故有是称。

⑦“役”，驱使。“生灵”，犹生民，人民。结尾两句歌颂林逢吉的善政和受百姓爱戴的程度：如果他将来离任分别时，人们折柳相赠，那就要一枝枝折到长安。灞桥在长安，故代指。

## 令狐挺

令狐挺，世次爵里俱无考。《全唐诗》编其诗一首。

## 题鄜州相思铺[1]

谁把相思号此河，塞垣车马往来多[2]。只应自古征人泪，洒向空川作逝波[3]。

①“鄜（fū）州”，见薛能《鄜州进白野鹊》注①。“相思铺”，地名，因在相思河畔，故名。题下原注：“一作令狐楚诗”。

②“塞垣”，边境地带。

③“征人”，出征的人。由此向北，便是无定河，陈陶诗云：“可怜无定河边骨，犹是春闺梦里人。”再北行便是长城。自秦至唐，这一地区常起战端，故征人亦多。“空川”，没有水的河床。“逝波”，指河水。以征人泪而作逝波，自见泪水之多。

# 元　淳

元淳，女道士，洛中人。《全唐诗》编其诗二首。

## 秦中春望

凤楼春望好[1]，宫阙一重重。上苑雨中树[2]，终南霁后峰。落花行处遍，佳气晚来浓。喜见休明代，霓裳蹑道踪[3]。

①“凤楼”，宫内楼阁。

②“上苑”，上林苑，此处指唐禁苑。

③“休明代”，美善旺盛的时代。“霓裳”，以霓为裳，屈原《九歌·东君》：“青云衣兮白霓裳，举长矢兮射天狼。”“蹑道踪”，追随道家的足迹。

# 跋

说起这部《唐诗陕西》五卷本，先应说它的缘起。

2015 年春，由南京大学牵头的《全唐五代诗》第一函，即唐初至杜甫的十卷本，由陕西人民出版社出版，我有幸参与了该书的编辑工作。该书出版后，立即引起了社会的关注。为全唐五代诗结全集，为中华优秀文化聚原典，正见了陕西人民出版社的文化自信和历史担当。著名作家、该书的责任编辑张孔明兄以编辑家的眼光，由此而产生了对唐诗作专题选注之设想，即《唐诗陕西》。嗣后，我受命选注《唐诗秦岭》。这本选注 350 首诗的《唐诗秦岭》出版后，我又受命选注《唐诗陕西》。当时基于篇幅的考虑，意在结集为上、下两册，如此一来，自然不宜分类过细，遂以人系诗，予以选注。2017 年冬，在陕人社例行的翌年新书选题会上，此选题幸逢支招。群贤语重心长，建议将此书分门别类，做成若干册云云。群贤皆高人，点铁成金；群贤皆智者，用意殊深。赖有此力，孔明兄择善而从，遂当即与我敲定，扩充内容，分作五册，并以唐人诗句冠以书名：《万国衣冠拜冕旒》，统大唐三百年也；《秦中自古帝王州》，统京城长安也；《秦川如画渭如丝》，统天府关中也；《太白终南地轴横》，统龙脉秦岭也；《文彩风流今尚存》，统人文纵横也。

此五册的内容，大抵涵盖了今之陕西地域。书稿送审，陕人社决定，为明了起见，直观以取书名，曰《大唐三百年》，曰《京城长安》，曰《天府关中》，曰《秦岭风情》，曰《人文纵横》。一目了然，大佳。

《唐诗陕西》，顾名思义，就是指唐诗中有关陕西的诗作。但有三点必须特别提及：其一，此处“陕西”指今日之陕西省，而在唐代和唐诗中，凡有“陕”字，均指陕州或陕县（在今河南省境内），与今之陕西并无关系。陕西作为行省，源于宋时的陕西路（周初周公、召公分陕而治，其中的“陕”，就是指陕陌或陕原），元置陕西行中书省，明改陕西布政使司，自清以来称陕西省。今日陕西的范围，大约辖唐时的京兆、凤翔、兴元三府，以及华、同、邠、陇、鄜、坊、延、绥、夏、麟、银、金、洋、商、兴、凤等州。其二，“关中”，据辞书解释，有狭义和广义两种。狭义指关中盆地，即八百里秦川，广义指今日之陕西省，书中取其广义者。其三，唐诗中凡涉“秦”字者，大多指今日之陕西，也有少量指今日甘肃东部之地。

明乎此，便可知陕西作为唐朝的中心区域，更显出特殊之地位；亦可知唐诗对陕西的一往情深，更使其成就得到了升华。唐诗陕西，陕西唐诗，在相得益彰中完成了诗化的诠释。唐代诗人以他们的生花妙笔，展现出旷代盛朝之伟，帝都王气之佳，山水形胜之美，天人合一之谐。伟佳美谐，便见了繁花似锦。然而要以有限之篇幅，兼及诗人及诗作，选注皆不易。

凡所选，以质美骨香者为是；凡所注，以洁明准确者为务。中有一二篇什，亦参稽中国社科院文学所的《唐诗选》和萧涤非先生《杜甫诗选注》等大作，他山之石，可以攻玉，在此谨致谢忱。且喜《唐诗陕西》今已成帙，采诗千首，皆杰秀特出，大具四“者”之光华——尤要者，以其影响更大也；有代表性者，以其能树高标也；脍炙人口者，以其常经人道也；富有特质者，以其各有面目也。

辉煌的唐诗，辉煌的陕西。陕西因唐诗而更加声名远播，唐诗因陕西而更加登峰造极。这就是我们的唐朝，这就是我们的唐诗，这就是我们的陕西——

华章盛代竞相隆，三百年间陕在中。
地推四塞关河壮，天定长安王气雄。
文采风流情擅美，终南太白势横空。
而今挺出唐诗里，犹带依依秦地风。

杨乾坤

2020. 7. 12